尽　善　尽　美　　弗　求　弗　迪

老梁趣谈十二生肖

梁宏达 著

電子工業出版社
Publishing House of Electronics Industry
北京・BEIJING

内 容 简 介

本书是梁宏达在《老梁看电视》《老梁观世界》《老梁说天下》《老梁故事汇》等节目中相关内容的汇编。既保留了老梁睿智、犀利、幽默，酣畅淋漓的风格，又将口语化的内容进行了二次加工，使内容更加符合实体书特点。

本卷主要是老梁对十二生肖的点评，在本书中，老梁提出了很多新颖的观点，如十二生肖两两配对之后其特点互补，从中体现了做人的智慧，既从全新的角度颠覆了我们对十二生肖传统上的认识，又分析得有理有据，可读性极强。

图书在版编目（CIP）数据

老梁趣谈十二生肖 / 梁宏达著. —北京：电子工业出版社，2015.3

ISBN 978-7-121-24774-3

Ⅰ.①老… Ⅱ.①梁… Ⅲ.①故事—作品集—中国—当代 Ⅳ.①I247.8

中国版本图书馆CIP数据核字（2014）第268629号

责任编辑：张　毅
印　　刷：三河市兴达印务有限公司
装　　订：三河市兴达印务有限公司
出版发行：电子工业出版社
　　　　　北京市海淀区万寿路173信箱　邮编：100036
开　　本：880×1230　1/32　印张：5.625　字数：104千字
版　　次：2015年3月第1版
印　　次：2015年3月第1次印刷
定　　价：32.00元

凡所购买电子工业出版社图书有缺损问题，请向购买书店调换。若书店售缺，请与本社发行部联系，联系及邮购电话：（010）88254888。

质量投诉请发邮件至zlts@phei.com.cn，盗版侵权举报请发邮件至dbqq@phei.com.cn。

服务热线：（010）88258888。

序

十二生肖大比拼

正月里来闹新春，十二生肖拜大年，都说自己本领强，争前恐后不相让。我写这本书的目的，就是特意设个擂台，让十二种动物来比拼一下，请读者朋友充当裁判，看看谁的本领最大。

说到十二生肖里谁的本领最强，龙觉得自己最有发言权：我能呼风唤雨，撒豆成兵，普天下的老百姓把我奉为他们的祖先，他们称自己是龙的传人。那么中国人为什么那么崇拜龙呢?

其实在现实生活当中，我们知道龙根本就不存在，龙汇集了人们的多种想象，比如它身上有鱼的鳞、鹰的爪、狗的鼻子、狮子的鬃毛，结合了多种动物的特征。为什么要把这些特征糅到一起呢?上古的时候盛行图腾崇拜，比如大禹的部落叫有熊氏，崇拜一头熊，其他部落各有各的崇拜。最终民族融合，形成一个至尊无上的类似于皇帝的位置，他的图腾比所有的部落都要高。那么崇拜什么呢?从所有部落崇拜的动物上面都吸收一部分特点，结合出来一个不存在的龙。因为不存在，所以至尊无上。这是早期皇权意识和龙结合的一个产物。为什么他要搞一个不存在的动物？因为这才是真正高高在上。只要存在就不能说它高高在上，因为我们知道一物克一物，万物相生相克，而不存在你怎么克我？所以龙代表了至高无上。就像人们经常说最好吃的是什么？龙肝凤胆。凤不存在，龙也没有肝。你说这东西最好吃，难免有人一尝，说这什么呀，我不爱吃。只要现实当中存在，你就不能说它最好吃。我们说自己是龙的传人，都很骄傲。如果说我们是狗的传人、猫的传人、熊的传人，这也不好听。龙是虚幻缥缈的，可以给我们无限崇拜的可能。

龙的至尊地位确实让它占尽了优势，可并不是所有的生肖都买账。兔子说高高在上就了不起？要说本领大还得看我的，单凭我兔子的这个名号就成就了古代一位伟大的君王。那么兔子的名字是怎么来的？有人说，那谁知道？老天把它生下来它就叫那么个名。不是，兔子的名字是有来历的，兔子这俩字其实是“吐子”。这是怎么回事呢？这是《封神榜》里的故事。我们知道夏、商、周三代，每到末世都出一个昏君，夏朝末夏桀是昏君，商朝末商纣是昏君。商纣时期有东、西、南、北四路诸侯。其中西伯侯姬昌，就是后来的周文王。天下无道，人们都说，姬昌有能耐，为什么你不反抗纣王？这个时候纣王也怀疑，说姬昌有没有反心呢？于是想到用人质的办法测试，姬昌有一百个儿子，老大叫伯邑考。伯邑考长得非常漂亮，用现在的话说就是帅哥。纣王把这伯邑考叫到自己的都城朝歌，其实就是让他当人质。伯邑考琴艺天下无双，于是纣王让他来教琴，给谁教呢？给我的宠妃妲己。妲己一看这小伙儿这么漂亮就相中了，借着教琴的机会开始调戏人家。

可是伯邑考不吃这一套，说请王妃娘娘放尊重点，然后起身说我不教了。妲己恼羞成怒，到纣王那里哭诉，说："那伯邑考见奴家青春美貌调戏于我。"纣王一听，我正要拿你当人质，你还这么干，就把伯邑考杀了。他这边杀伯邑考，那边把西伯侯姬昌也调到身边了。给他关在哪里呢？河南安阳。那个地方过去叫羑里城，《史记》说"文王拘而演《周易》"，说的就是姬昌被关到羑里的时候，天天拿竹签摆着算卦，把《周易》发明了。纣王把伯邑考杀了之后，为了试姬昌到底有没有反心，看他是不是聪明人，就把伯邑考剁成肉泥，煮熟了，装到碗里给姬昌吃。姬昌知道这是儿子的肉，可是不吃不行，于是姬昌捏着鼻子，忍着心中的痛苦把肉吃了。纣王一看，这都肯做，对我没什么威胁，就把他打回西岐了。回到西岐，姬昌想到把儿子肉吃了，心中既难过又恶心。有一天，迎面吹来了一股风，这股风吹到脸上，心里头难过的他一张嘴吐了三口，就把他儿子的肉都吐出来了。这三口肉掉到地上被风一吹，变成了三只兔子，怎么叫"兔子"呢？把儿子吐出来了，这就是"兔（吐）子"。

没想到小小的兔子居然和周文王有渊源，可是不服气的还是大有人在。小老鼠站出来说了，区区一个周文王有什么了不起，要说本事还是我最大，我曾经救过周文王老祖宗的命，他就是华夏民族的祖先黄帝。那么老鼠有什么丰功伟绩呢？

在我们生活当中，老鼠是令人讨厌的动物，传播疾病，咬坏东西，偷吃粮食。可是在文学艺术里，老鼠不是这个形象。比如我们经常看的那个美国动画片《猫和老鼠》里边汤姆和杰瑞。你看它们俩斗来斗去的，总是这老鼠把那猫给祸害了。这个过程反映了什么呢？为什么艺术化的老鼠经常是以正面形象出现，而且往往无往而不利呢？因为老鼠从块头、体力、力量上是弱小的，十二生肖里，哪个都比老鼠个头大。除了龙是虚幻的动物，可大可小以外，其他的大到牛，小到鸡，哪个不比老鼠大？所以老鼠在十二生肖里面的地位特殊，它反映了人们对弱小者的一种同情。个头最小的老鼠居然是十二生肖之首。老鼠那么点儿，为什么能在十二生肖里排老大，这是怎么来的？这里边有个传说。

黄帝初定天下的时候感觉比较混乱，没有什么准确的记载。他下面有个大臣叫仓颉，黄帝命仓颉造字。据说仓颉造字的时候鬼神皆惊，说人类掌握了文字，有文化记载了，鬼神的地位就不稳固了。所以仓颉造字是个大事。造好了字以后，新的麻烦来了。老百姓学这些字太费劲，不识字的多。那怎么让老百姓用字来规范自己的生活呢？比方说这是哪一天，这是哪一月，这是哪一年。仓颉说这样吧，天干配地支[1]，尽管就这么二十来个字，有的老百姓也记不住。黄帝一看这不行，怎么能让他记住呢？想了个办法，生活当中经常见到一些动物，每一个动物就代表一年。用哪十二个动物代

① 天干即甲、乙、丙、丁、戊、己、庚、辛、壬、癸；地支即子、丑、寅、卯、辰、巳、午、未、申、酉、戌、亥；天干与地支搭配组合，组成六十个基本单位。

表十二个年份呢？黄帝说这样吧，大年初一早晨就在我住的宫殿前面，在这广场上召开一次选秀，所有的动物都来比一比，哪种动物大家熟悉好记，就用哪个。其实黄帝在底下颁布了规则，意思得拿我这规则当回事，你得来报名。另外也是要看哪个动物勤奋，谁来得早就把谁排前头，反正截止到来报名的第十二个为止，前十二个动物就是代表十二个年份的动物。命令下去了之后，大年初一早晨这些动物就来了。老牛最勤奋，半夜三更就起来了，第一个来了。后边是老虎、兔子、龙、蛇、马、羊、猴、鸡、狗、猪、猫。头十二个是这十二种动物，陆陆续续都来了。于是代表年份的动物就从牛开始，到猫为止，这老鼠哪儿去了呢？老鼠头天晚上偷吃偷喝，偷了一瓶酒，喝多了睡过头了。早上起来一看，记得有这事，赶过去看，各种动物都来了。老鼠一看，这轮不上我了。但是老鼠是贼，贼不走空啊，“我不能白来，”它就钻到黄帝仓库里去了，“我找点吃的。”四下一看，青铜器那些它啃不动；有两根蜡烛，挺粗挺高的，就上去咬这蜡烛。为什么？能咬动，磨磨牙。老鼠把蜡烛咬两个大窟窿，发现这也不好吃。转一圈，没别的吃。这时候，它困劲儿上来了，在仓库一角，有一缕阳光射进来，老鼠就躺这儿睡着了。而黄帝初步拟定了这十二种动物作为十二生肖的代表。说这事定下来了，可喜可贺呀，搞个庆典吧。他吩咐大臣取香烛，说我要拜祭天地。大臣就到库房里拿喜烛来了。这喜烛是谁给的呢？黄帝的对手蚩尤。蚩尤打不过黄帝，暂时表示归顺，给黄帝送了一些礼物，其中有这么一对喜烛。可是他没安好心，在这喜烛里边放了上古时期那种只要沾火就炸的东西。结果，这大臣拿出这

蜡烛后，从里面撒出来一些粉末，一看是炸药。他一想坏了，这个蚩尤送这对蜡烛没安好心，只要把它点着了，所有人就都炸死了。

他一看上面有俩窟窿露出来了，知道这是老鼠给咬的，就赶紧向黄帝汇报。黄帝惊出一头冷汗，这要是点着了，所有的人都被炸了。黄帝说老鼠立大功了，就找这老鼠。在仓库里一找，老鼠在这儿睡觉呢。老鼠一听要找它吓坏了，以为要追究把蜡烛咬坏的罪名。后来一看是黄帝要赏自己，老鼠雄赳赳气昂昂就出来了。黄帝说你立了这么大功，没你我们全完蛋了，这样吧，十二生肖以你为首，就把老鼠排第一。往下牛、虎、兔……一直到狗、猪。这回猪变成第十二个了，猫本来排第十二，被老鼠顶到第十三，猫就没排上。所以自那以后猫鼠结仇，猫一看耗子就要吃。它想通过自己的能耐，把耗子吃尽了抓尽了，自己上来当第十二位生肖。因为这十二生肖是黄帝封的，得仪表堂堂，所以猫在那以后，一边吃耗子，一边注意自己的仪表，经常没事梳头洗脸的。这些尽管是传说，其实反映了一个道理，虚拟世界里的老鼠，你看着是弱小的，它却干了很多大的动物干不了的事。这一点体现了中国人生存观念当中微妙的阴阳平衡。

没想到，这个一丁点儿的小老鼠竟然救过人类祖先的命，还真是老鼠不可貌相，海水不可斗量。不过即便这样，还是有人表示不服，这回站出来反对的是小狗。“凡事都要讲证据，你们说的都是千百年前的事情了，躺在功劳簿上有什么意义呢。要说本领大还是我们犬类，我们自古以来就是人类的好助手，并且到现在为止还是在协助人类工作。我们与人类之间有许多可歌可泣的故事，老鼠怎么能比得了呢？”

其实在十二生肖里边，狗引起的争议是最大的，因为在东西方文化里边，狗的概念绝对不一样。比方说，中国一说狗，“狗眼看人低”、“狗仗人势”、“狗腿子”，好词少。可是西方人认为，狗是最忠诚的。比如人们都喜欢看的《南极大冒险》，那个片子也是催人泪下的片子。讲的是科考人员到了南极，有那么七八只雪橇犬，就是我们说的哈士奇。这种狗很有意思，它不会叫，只能像狼一样发出“呜呜”的声音，但是这种狗你要让它工作起来，比如拉雪橇，它撒欢儿似地玩，觉得这是一种乐趣。所以有人说哈士奇是一种很“二”的犬，这很有道理。电影里，由于气候发生大的变化，飞机载不了那么多东西，没办法，人们只能把这几只犬留在南极，但是走了之后，犬的主人心里难受，一直想把这些狗找回来。隔了半年多，回去找这些狗了，结果这些狗在南极活下来了，而且再次见到主人之后非常高兴。当时这个电影最令我们激动的，是这狗抓海鸟，那一幕体现了《孙子兵法》的精髓。我还记得在电影院里看时，那狗终于把海鸟抓住了，下边一片掌声，是看电影的人自发的掌声。结尾的时候人把狗拉走了，狗和人之间那种很温暖的感觉，让所有看这个电影的人都觉得心里热乎乎的，非常感动。我们有些人看电影的习惯不好，比如刚出结束字幕，就站起来穿衣服走。可是那天《南极大冒险》结束的时候，现场走的人很少，大家集体坐在那儿把字幕看完。其实这是大家心里向这些忠诚的雪橇犬致敬，也是向那些爱护雪橇犬的人致敬。

在我们的生活当中，狗成了我们的一个宠物，很多人爱护狗，也有很多人养宠物的时候特别不注意。在这里我特别提醒一点，你养它你就得爱护它，你就得对它负责任。如果你不能对它负责任，你就不要养它，不要因为搬家或者家里的女人生孩子便把它遗弃。你要这关过不了，当初你别养。这样的话你不用承担这个责任，也不必遭受良心的谴责。

所以说养狗，你要像对自己家孩子一样对它负责到底。因为狗的一生没有那么长时间，他可能只有那么十几年的寿命。你想，你出去吃饭、喝酒、交朋友、谈恋爱、工作，你的世界缤纷多彩，可是你养的狗独自在家里，它的世界只有你自己，你不照顾它谁照顾它？从对待动物的人道主义出发，也可以看出我们人类进步的幅度。

目录

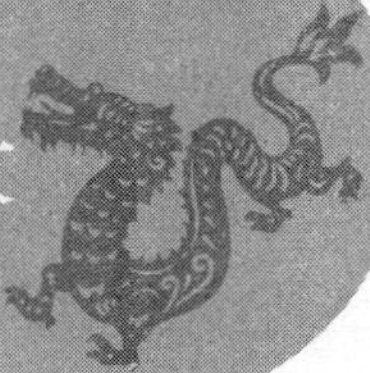

老梁说生肖排行

十二生肖之吾非鼠辈

有不少人，尤其中老年朋友说，这十二属相可灵了，哪一类属相的人，有哪一类属相的特点。我可以负责任地跟大家讲，说十二属相里边有这样的学问，就如同现在不少年轻人研究的星座似的，纯属胡说八道。说属鼠的人聪明，属牛的人勤劳，属虎的人勇猛，属狗的人忠诚，没有一个是坏的词，都是好的词。没有说“属鼠的人狡猾，属牛的人一根筋，属虎的人凶残，属兔的人胆小，属蛇的人阴险，属猪的人懒惰，属狗的人缺德”。要这么说话好多人就不爱听了，所以前面说的那些都是好话。这个世界上什么最不值钱？好话最不值钱。这十二个生肖不是没特点，但它的特点并不是体现在这上面，十二生肖是各有各的优势，各有各的劣势。就如同在茫茫人海当中，大家在一块儿合作，不同性格的人形成互补一样。同一年出生的人，什么性格的都有，这个属相不过是提醒大家要取长补短，要长短结合。在这个十二生肖里边隐藏着中国人的生存智慧。

举个例子，十二生肖有六对，每对之间形成互补。比方说子鼠丑牛。这个鼠代表什么呢？智慧。牛代表什么呢？勤奋。智慧跟勤奋，鼠和牛正好是个绝配。如果这个人遇到事不够机灵，没有应变能力，那么他就成蠢人了。也就是说，光是勤奋，一个劲儿地干，不知道变通，这是愚蠢。可是，光是机灵，不知道努力，这是浮躁，也一事无成。所以，鼠的智慧和牛的勤奋结合到一块，才能取得成功。就像爱迪生说的，1%的天分加99%的汗水才能成功。因此，鼠牛互补。这是子鼠丑牛。

再看寅虎卯兔。老虎是什么呢？代表艺高人胆大，老虎威风。兔子是什么呢？

谨慎。勇猛跟谨慎结合到一起，叫胆大心细。我们经常说的那些能独当一面的大将，都是胆大心细的人。谁能把老虎的勇猛和兔子的谨慎糅合到一起，谁就能干大事。这是寅虎卯兔。

辰龙巳蛇，龙蛇互补。龙是什么？至刚至猛，龙行天上。天行健，君子以自强不息。蛇是什么呢？行于地下，比较阴柔，遇事很圆通、柔韧。所以，龙蛇互补体现了中华民族传统哲学理论里边的刚柔相济。辰龙巳蛇又是一组互补。

刚柔相济是我国传统的哲学思想，指刚强和柔弱相互补充，达到恰到好处的程度。出自《周易·蒙》，“刚柔节也”。

午马未羊，马羊互补。什么意思呢？马象征着为了一定目标的个人奋斗。我们说万马奔腾，一往无前。那么羊象征着什么呢？象征着你跟周围的环境如何搞好关系，就跟小绵羊似的，挺温柔挺和顺，人缘好。这两个互补是什么意思呢？个人奋斗没问题，要有恒心、有毅力，要一往无前。可是在这个过程当中，你尽量不要伤害别人的利益，要跟周围人搞好关系。也就是说，你有个性，但是也要搞好人际关系。而且，往往良好的人际关系是你实现个人目标的重要基础。所以，马羊互补反

映的就是个人奋斗和环境之间协调一致的关系，这是一种成功的人生智慧。这是午马未羊。

再看申猴酉鸡，鸡猴互补。猴象征着什么呢？我们都知道猴子很灵活，活泼好动，猴就象征着灵活和变通。鸡早晨起来打鸣。鸡司晨，犬守夜，所以鸡象征着一种恒定性，一种原则。猴跟鸡互补就是原则性跟灵活性之间的互补。你干什么事得有一点规范。比如，得遵守法律，得遵守这个社会的人情世故，得有公序良俗，在这个基础上遇到一些事情不要太僵化，要学会变通。所以鸡猴互补说的是原则性跟灵活性的互补。

最后说戌狗亥猪，狗猪互补。这两个象征着什么呢？狗象征着你对别人、对上级、对事业要忠诚，也就是说你要为别人做好一些事情。那么猪呢？它得吃就吃，得喝就喝，象征着对自己要宽容，让自己过得舒坦一点。狗和猪之间的关系，就告诉我们，人生在世，首先你得把自己该负的责任负起来，对得起别人，但是也不能太亏待自己。所以狗象征着一种责任，猪象征着一种享乐主义。这个互补提示我们生活在现代社会的每一个人，既要干好自己分内的事儿，同时也不要忘了享受生活。因此，十二生肖之间的互补说明的是什么意思呢？它反映了处世哲学和人生智慧之间的一种结合。

关于十二生肖是怎么形成的，除了前面讲的那个故事外，还有其他的传说。

比如有人说是因为老鼠立过大功。立过什么功呢？古代人净吃蔬菜、野菜，没有粮食，说这老鼠到天上偷这种子去。怎么偷呢？在泥浆里打个滚儿，然后在种子里打滚儿，身上沾一身种子下界了，人这才开始有粮食吃。

还有的说，混沌时期，天地不分，老鼠跟猫头鹰俩人结伴，猫头鹰驮着它飞上天。干什么？把天给咬出光亮来，给它咬破了。为什么它俩合伙呢？老鼠的牙厉害，猫头鹰的嘴厉害。这边啃那边凿，真凿出亮光来了，天地才开始分开，这才有我们现在看到的天上地下。可是这二位被强烈的光线刺激，再见不得光了。所以老鼠跟猫头鹰白天不能出来，就晚上出来。

古语有云：“自混沌初分时，天开于子，地辟于丑，人生于寅，天地再交合，万物尽皆生。”传说天地之初，混沌未开。老鼠勇敢地把天咬开一个洞，太阳的光芒终于出现，阴阳就此分开，民间俗称“鼠咬天开”。老鼠也成为开天辟地的英雄。老鼠的图腾，象征着对太阳的崇拜、对光明的追求。“子神鼠破混玄，天开；从警，戒身以平安；从捷，迅足以登先；应万物之灵，吐物华天宝之兽。”

刚才说的那些都是传说。那么为什么十二生肖按照子鼠、丑牛等这么排行呢？它是跟时辰对应的。我们知道中国过去是按十二个时辰计时的，晚上十一点到后半夜一点为子时，一点到三点为丑时，三点到五点为寅时，五点到七点为卯时……为什么用动物跟时辰配合呢？你想耗子什么时候活动？半夜三更出来吃粮食。再说牛，过去春耕的时候，你得赶早起来，又是犁地、翻地，又是撒种子。一点到三点，这老牛该起来了，套上笼子，准备就绪耕地去。三点到五点，老虎在山上。这段时间虎啸，是老虎叫得最多的时候，是老虎的活动期，老虎在捕食……所以，十二生肖是按照动物活动的周期规律定出来的，不是前边说的那样。那些都是劳动人民在生产活动实践当中形成的一些民间传说。

中国传统的哲学，讲究阴阳互补、儒道平衡，这种思维间接地决定了把老鼠排在十二生肖之首。

为什么呢？在十二生肖中，丑牛、寅虎、卯兔、辰龙、巳蛇 、午马、未羊，在体积和力量上都比老鼠大，都要比老鼠强势得多。把这些动物排到前头，遵循的是一种丛林法则，弱肉强食，可是中国传统的文化不强调这个概念，它强调的是日终则昃、月满则亏。你到顶上了，必然有不行的地方，你再厉害，尺有所短，寸有所长，好事不能一家占了。“天之道，损有余而补不足，是故虚胜实，不足胜有余。”它讲究平衡。老鼠看起来力气最小最弱，十二生肖以它为首，这是一种微妙的自然法则的平衡和社会法则的平衡。所以说把老鼠放到前边，其实是中国阴阳平衡抉择的一种体现。

老鼠虽小，但能打洞，能上房，能上天入地，所以有的神话故事里边，不敢小瞧老鼠的能耐。《西游记》里，唐僧去西天取经，遭遇九九八十一难，其中有两难和老鼠有关。一个妖怪叫黄风怪，孙悟空都打不过它。原来它是佛祖灵山脚下一个得道的老鼠，偷吃了佛祖点的长明灯琉璃盏里边的灯油，跑到下界为非作歹。第二个跟老鼠有关的，就是非要跟唐僧结婚的白毛老鼠精。称自己为半截观音、地涌夫

《老子》第七十七章：“天之道，其犹张弓与！高者抑之，下者举之，有余者损之，不足者与之，天之道，损有余而补不足。人之道则不然，损不足以奉有余。孰能有余以奉天下？其唯有道者。”意思是：自然的法则，是损减有余来补充不足。人类社会世俗的做法却相反。谁能用有余来供奉天下呢？只有有道之人。因此，圣人有所作为却不自恃己能，有所成就却不居功自傲，他不愿显示自己的贤德。

人。她怎么这么大能耐呢？跟天上也有关系。她是托塔天王李靖的干闺女，管哪吒叫干哥哥。这两位为什么能够兴风作浪、为非作歹呢？还不是上边有人吗。所以说《西游记》你看着写的是神魔的事，那是高度影射现实的。不仅是封建社会里，包括我们现在这社会，不也有这事吗？谁在基层为非作歹，你问问，上头有人，朝里有人好做官。《西游记》讽刺的就是这些现象。这里就是把老鼠当成了为非作歹的象征。

我们成语当中常说的有鼠窃狗偷、蛇鼠一窝、抱头鼠窜、獐头鼠目、贼眉鼠眼、鼠目寸光、胆小如鼠，等等。这都是不好的。可是我们发现在一些文艺作品，老鼠的形象是正面的、积极的。我想这里边就包含这样一层含义，人往往同情弱者，老鼠这么小，它能把很大的动物打败，能以弱胜强，反映了人的一种恻隐之心。不仅中国，美国动画片《猫和老鼠》里，每次都是这猫想逮住老鼠逮不着，这老鼠把猫戏弄得够呛，而且场面特滑稽。

那个动画片我不认为是给孩子看的，

很多场景很成年化。成年人看了也能在其中得到很多的启迪。你是强者，切勿凌弱，弱者也有他的智慧，而且弱者通过自己的智慧，也能够打败强者，弱者一样拥有机会。

外国很多的电影反映这个道理。我们知道迪士尼有米老鼠。它怎么来的呢？迪士尼的创始人就叫迪士尼。迪士尼穷困潦倒的时候，住的地方有老鼠。他闲着没事抓了十个老鼠放到笼子里，天天跟这些老鼠玩，还教会了两个老鼠站起来。他因此得到了灵感，后来就创作了一个能站着跟所有人打交道的米老鼠形象。现在，米老鼠风靡全世界。

不仅仅是国外的艺术作品，在国内，包括传统文化里边，也有很多和老鼠有关的。我们有一个传统的武侠小说《三侠五义》，也有叫《七侠五义》的。这“五义”就是“五只老鼠”。不少熟悉《三侠五义》的人知道，“五义”是钻天鼠卢方、彻地鼠韩彰、穿山鼠徐庆、翻江鼠蒋平和锦毛鼠白玉堂。港台的电视剧和电影经常搞戏说。刘德华演的一部电影叫《老

《三侠五义》作者石玉昆，是古典长篇侠义公案小说经典之作；是中国第一部具有真正意义上的武侠小说，堪称中国武侠小说的开山之作；是侠义派小说的代表之作。由于版本众多，流传极广，脍炙人口的故事对中国近代评书曲艺、武侠小说乃至文学艺术影响深远。一般“三侠”是指北侠欧阳春、南侠展昭、丁氏双侠丁兆兰与丁兆蕙；“五义”是指钻天鼠卢方、彻地鼠韩彰、穿山鼠徐庆、翻江鼠蒋平、锦毛鼠白玉堂。

鼠爱上猫》，就是说张柏芝演的锦毛鼠白玉堂爱上刘德华演的御猫展昭了，导演拿这个事来取悦大家。这也是有一定根据的，就是说英雄之间是惺惺相惜的。

十二生肖里的动物来源于生活，高于生活，把生活中的动物艺术化了。艺术化的老鼠代表着一种小巧玲珑，代表着一种智慧，代表着一种以弱胜强的精神，十二生肖里所有的动物，我们都不能与它跟现实当中真实版的动物产生关联，它是大家在劳动实践当中，经过艺术化地提炼，产生出来的一种固定形象。由此看来，十二生肖寄托着人们对动物的一些美好的愿望，并不是人们在现实当中与动物真实关系的反映。

十二生肖之牛气冲天

家牛或称黄牛、欧洲牛，是哺乳类偶蹄目牛科牛亚科牛属中一群已经驯化的动物。这种群居动物的祖先为原牛，大约八千年前被人类驯化成家养的牲畜。

牛是跟中国农耕文明联系最紧密的动物，过去耕地离得了牛吗？所以说，十二生肖里，要说跟人关系近，为人类早期社会出力最大的，恐怕要属牛了。而且牛忠诚、勤劳，我们现在经常说老黄牛、孺子牛，都是称赞牛这方面的优秀品质。“老牛亦解韶光贵，不待扬鞭自奋蹄。”牛对人为什么这么忠诚呢？你看狗敢咬人，牛不敢咬人。为什么呢？狗的眼睛小，所以说狗眼看人低，它敢咬。老牛眼珠子大，牛眼一看，这人块头挺大，不敢动。这仅仅是一种说法，但确实也反映了牛和人之间扯不断的关系。

其实牛在中国的地位是比较高的，农村有哪家不爱惜自己家的大牲口？因为牛是主要的劳动力。另外一方面，牛在民间得到了充分的尊重。比方说，杀猪的时候大家围一圈，就跟过节似的看看热闹。为什么？因为你喂它，让它吃，让它喝，什么活也不干，就是为了养肥了宰了吃肉。可牛不一样，牛老了，也有杀牛吃牛肉的。可是这个杀牛的过程，往往不让孩子看，而且谁动手杀牛呢？据说杀牛的人往往是没儿没女的，也就是老话说的，绝后的。这些事就反映了中国民间对牛本能的敬畏。老牛在民间传说里边，一直是人类忠心耿耿的好朋友。流传范围最广的传说就是牛郎织女。

“老牛亦解韶光贵，不待扬鞭自奋蹄”一句出自当代大诗人臧克家的咏牛诗作——《老黄牛》，《老黄牛》里的老黄牛如此辛勤劳作，不辞辛苦，完全来自于它自身的动力。这里，“物”与“我”融为一体，“不待扬鞭自奋蹄”的老牛，即年逾古稀、老当益壮、自强不息的诗人自己。年逾古稀的诗人借助于老黄牛的形象，赞美了劳动人民“老骥伏枥，志在千里；烈士暮年，壮心不已”的豪情壮志。

在中国文化当中，牛还有一个很独特的地方，说牛的都是好词，不好的也就是形容一个人犟是“牛脾气”。可是有一个词却是地地道道的贬义词，什么呢？吹牛皮。怎么这事跟牛有关系呢？原来是因为过去要渡过黄河，没有桥也没有船，有什么基本的工具呢？牛皮筏子，就用牛皮把树枝木材之类的裹上。牛皮筏中间是空的，然后往里吹气，这气添足了，把它放到水里不就有浮力了吗？可是给这牛皮筏子吹气特别费劲，一个人吹不了，得四五个人一起吹，才能把这牛皮筏子吹起来。到后来谁要说话口气挺大，就会有人说“你好大的口气，你一个人就能把那牛皮筏子吹起来”。时间长了，吹得起牛皮筏子，就简化成吹牛皮，再简化成吹牛。吹牛的典故就是从这儿来的。

牛都有什么特点呢？首先，它力大无比。《西游记》里的牛魔王不是一般人，跟孙悟空结拜的时候孙悟空管他叫哥哥。那时候称他是大力牛魔王。《大话西游》里边，那牛魔王孔武有力，除了孙悟空发急了能治得住以外，剩下那些妖怪都打不过他。

再有，生活中大家常说，这事你别跟他说，那是“对牛弹琴”。为什么呢？就是说牛的理解能力低下。战国时有一个音乐家叫公明仪，他对着牛弹琴。一开始，牛在吃草，他弹了一个很高雅的音乐，这牛根本理都不理，接着吃草。他说，得了，我通过琴模拟蚊蝇的声音。这老牛倒是摇头摆尾地来来回回走，所以说牛理解能力低下，高雅的音乐它是不懂的。但是正因为如此，很多人认为牛实诚，老实、厚道、忠诚，甚至在某种程度，把它跟一些文化上的高级现象联系到一块。

公明仪踏春见一牛，就给这头牛弹起了最高雅的乐曲《清角之操》来。老黄牛在那里却无动于衷。公明仪换个曲调弹小曲。老黄牛仍然毫无反应，继续悠闲地吃草。公明仪拿出自己的全部本领，弹奏最拿手的曲子。老黄牛慢悠悠地走到另一个地方去吃草了。人们对他说：“不是你弹的曲子不好听，是你弹的曲子不对牛的耳朵啊！”

我们都知道中国的道教遵奉的经典是《道德经》。谁写的呢？老子李耳。他是怎么写下的《道德经》呢？跟老牛有关。老子李耳有一天心有所感，就向着陕西函谷关去了。把守此关的长官叫尹喜，刚起床，没开这关，老子骑着青牛过不去。这时候，青牛四条腿跺地，跺起来的灰尘形成五彩祥云。正好函谷关那边有一股紫气过来，跟着五彩祥云混合成了桥，老子骑着牛就从桥上过去了。这时候尹喜刚起床，有人告诉他说有个老头骑着牛飞过去了。不好，这么大能耐的人不能让他走。尹喜策马扬鞭追上老子，给老子跪下，说您不能这么轻易就走，您得给我们留点东西。这时候，老子没办法了，写下了五千字，就是《道德经》的道篇、德篇。我们知道《道德经》五千言，那是彪炳千古的著作。后来虽然佛教在中国大行其道，但有人就提出来得修建道观供奉老子，并且写了副对联，怎么写的呢？上联是：“天下名山僧占多，也应留一二奇峰栖吾道友。”下联叫：“世间好话佛说尽，谁识得五千妙论出我先师。”这“五千妙论”就是五千字的《道德经》。有人说为什么这牛跟老子在一块呢？因为它比较忠诚，象征着坚定的信仰，象征着道教对天地的认识深入人心。所以牛在某种程度上，跟哲学思维都融合到一起了。

牛在中国古代不光是用来耕田，战争当中也有使用。可能有的人看过《东周列国志》《二十四史演义》，里边就有关于火牛阵的记载。当时，有战国七雄，齐、楚、燕、韩、赵、魏、秦。秦国在西

火牛阵是战国齐将田单发明的战术。齐与燕交战时，田单向燕军诈降，使之麻痹，又于夜间在千余牛角上缚上兵刃，尾上缚苇灌油，以火点燃，使它们猛冲燕军，并以五千勇士随后冲杀，大败燕军。田单乘胜连克七十余城。但是火牛阵的真实性令人怀疑，国共内战时，国共双方都曾试过火牛阵，但效果都是以失败收场。被火惊吓的牛群非但不会冲向敌营，反而在原地乱撞，造成极大伤亡。

边，其他六个在东边。由于秦国跟这六个国家之间的关系不同，这六个国家彼此心怀鬼胎，钩心斗角。其中有一个典型事例，燕国和赵国之间打起来了。当时燕国国王燕昭王很有力量，也愿意任用贤能，下边有一个将领叫乐毅。记不记得诸葛亮怎么介绍自己？“亮躬耕陇亩，好为《梁父吟》，每自比于管仲、乐毅。”这乐毅带领着燕国大军连下齐国的七十多座城，最后打到齐国都城临淄，眼看齐国就要不行了。这个时候，齐国有个大将田单站了出来，他说，非得把乐毅弄走。就利用反间计，使燕昭王不信任乐毅，把乐毅赶走，换上了昏庸无比的将军。田单又利用当时齐国的战士最怕割鼻子的心理，放出风去，说乐毅这个人不优待俘虏，把齐国的俘虏抓过去就割鼻子。弄的齐国人愤恨不已，说如果不反抗到底，咱们就要遭受如此奇耻大辱。就算齐国就剩下一座城池了，那也坚决跟你燕军对抗到底。

后来，田单想到了一个绝妙的阵法，就是火牛阵。火牛阵是怎么样的呢？前面跑的是五百头老牛，牛角上都绑上尖刀，

田单，生卒年不详，妫姓，田氏，名单，临淄人，战国时田齐宗室远房的亲属，任齐都临淄的市掾（管理市场的小官）。齐国危亡之际，田单坚守即墨，以火牛阵击破燕军，收复七十余城，因功被任为相国，并得到安平君的封号。后来到赵国做将相，死后葬于安平城内。

乐毅（yuè yì），生卒年不详，子姓，乐氏，名毅，字永霸。中山灵寿（今河北灵寿西北）人，战国后期杰出的军事家，魏将乐羊后裔，拜燕上将军，受封昌国君，辅佐燕昭王振兴燕国。

牛尾巴上有一把浇上了油的干柴火。在牛往前跑的时候把牛尾巴点着了，这老牛一疼一个劲儿往前冲。那牛角上都是尖刀，牛力气那么大，把燕国的大军给打得七零八落。这一仗齐国大胜。接着田单借势连续收复了七十多座城池，齐国复活了。所以现在山东、河北一带，对老牛特别敬重。那里过去是齐国地盘，没有这些老牛齐国就亡国了。因此牛在军事上使用也起到过出奇制胜的效果。

更主要的一点就是牛跟中国人感情很深厚，牛对人有恩，人也知道报答牛。以前我们看过一部片子，名字叫《斗牛》，主演是黄渤和闫妮。黄渤在这里演的角色叫牛二，是个农村人。日本鬼子打来的时候，这个村里意外出现了一批奶牛，电影以奶牛为线索，来写人和动物的感情，人在那个时候的内心世界。

你别看是抗日题材，其实反映的并不是在抗日战场上激烈的冲突，而是人内心的这种冲突。这头奶牛曾经用它的奶救活了不少人，等于说对人类有恩，不光是八路军，甚至连日本鬼子都对这头牛不错。

可是在逃难的过程当中，牛二身边的难民头子说要把这牛杀了吃，牛二不干了。影片从头到尾就反映牛二对这头牛如何够意思，他跟牛之间的感情交流。你别看这个电影投资不大，揭示的主题非常深刻。它揭示了什么呢？在这个世界上，一旦遇到严酷的环境，平常彬彬有礼的人骨子里的动物性就逼出来了。在这个社会里，人有两种特性，一种是动物性，一种是社会性，动物性代表着本能，社会性代表着文明。动物性是什么呢？渴了要喝水，饿了要吃肉，没钱我想花钱，我有各种本能的欲望。环境一严酷，我活不下去了，这时候这种动物性就可能体现了，我自己活着就行，我有吃有喝就行。为了这个什么都不管了，什么道德、责任、良心全没了。电影中的牛二象征着人的社会性，就是经过文明进化的人，在这时候有担当、有责任。这个动物于我有恩，哪怕它是动物，我也不能轻易去伤害它。这是人类情感发展到一定程度的时候的反应，它超越了动物性。人为什么是万物之灵？因为人有情有义。

（接上页）公元前284年，他统帅燕国等五国联军攻打齐国，连下70余城，创造了中国古代战争史上以弱胜强的著名战例，报了强齐伐燕之仇。后因受燕惠王猜忌，投奔赵国，被封于观津，号为望诸君。

这样一个深刻的主题是用一头牛来展现的。为什么要用牛？狗也忠诚，为什么没用狗？就是因为牛给中国社会带来的变化影响很大。你要说对人类有恩的动物，牛恐怕是排到最前头的。从这一点来讲，中国人对牛本能地怀着一种尊敬。我们对生命的敬畏，其实很多时候都是从牛开始的。因为在很早的中国农耕文明当中，牛就是人类生活当中必不可少的一部分。所以在十二生肖里，牛排到第二位。老鼠是靠其他本事排到第一位的，真要讲勤奋、勤劳，最能得到人类认可的动物，恐怕牛在十二生肖里应该排老大。

十二生肖之虎虎生风

提起虎我们会想起哪种社会角色呢？可能很多人会脱口而出，那就是王。老虎乃山林之王，而且最明显的，就是它脑门上有个三横一竖的王字。这一点对我们现实生活都有影响。比方说过去跑江湖的两人见面，得先报个帽。什么意思？你把你的姓说上来。江湖人不直接报哪个字，姓王的人就报虎头帽。你看王，虎头。也就是说，人们心中早已把老虎和“王”紧密联系在了一起。

那么老虎的能耐是跟谁学的？年岁大的人可能张嘴就来，不是说老虎拜猫为师吗？有这事，老虎开始什么都不会，一看这猫蹿房跳墙的这么灵活，就拜猫为师。猫教会了它怎么咬，怎么扑，怎么抓，怎么掀，怎么剪，反正猫科动物的十八般武艺这猫基本上都教给它了。看《动物世界》你会发现，老虎就跟个大猫似的，它们想捕捉一个动物之前的动作和家里猫要往上扑之前那些准备动作完全是一样的，所以说老虎是跟猫学的能耐。

猫科包括狮子、老虎和豹等动物，是食肉目的九个科中最具有肉食性的哺乳动物。第一种猫科动物出现在大约三千万年前的渐新世，人们熟悉的家猫和人类开始有关联则是在千年之前。

本领都学会了，老虎却开始看猫不顺眼了。它怎么想的呢？这是我师傅，我永远得管它叫师傅，我的体型比它大，我能耐现在也大起来了，它也打不过我了，你说我总喊它师傅多难受。这老虎就起了歹意，张嘴就要把猫吃了。猫一看不好，“噌噌噌”跑到树上面去了。老虎一看傻了，自己不会这个，说，师傅你还留一手呢？猫说，可不是吗，我不留一手，我这整个全让你给吃了，你这忘恩负义的徒弟。所以，老虎和猫就这么一个关系。老虎的能耐是跟猫学的，但是猫留了一手，上树这招儿没教。

东北有的二人转剧场，说快板的时候还拿这个说呢。那快板是这么说的："说的是江洋道上一颗蒿，胆大的狸猫要把那老虎教，那个穿山跳涧都学会，就剩上树这招儿它没教。这一日，老虎翻了脸，要把老猫连猫带肉一口嚼。老猫一见事不好，是三步两步上树梢。老虎一见忙跪倒，叫声师傅你听着，穿山跳涧都学会，为何上树这招儿你没教？老猫一听掉眼泪，叫声徒弟你听着，若是这招儿教会你，连猫带肉不够你一口嚼。劝朋友，交人莫交无义友，无义之人不可交。虽然不是都这样，教徒弟最好留一招儿。"这小快板告诉人们的就是，教徒弟得留一招儿，留个后手。其实，我觉得从这个角度解析猫跟老虎的关系有点浅，我倒愿意把猫和老虎这种关系解释为大恩如大仇。

什么意思呢？猫教老虎能耐是对老虎有大恩，可是这个恩不仅没换来涌泉相

二人转，又称小秧歌、双玩艺、蹦蹦，又称过口、双条边曲、风柳、春歌、半班戏、东北地方戏等。它植根于汉族民间文化，属于汉族走唱类曲艺曲种，流行于辽宁、吉林、黑龙江三省和内蒙古东部三市一盟。

二人转主要来源于东北大秧歌和河北的莲花落。用东北人的俏皮话说：二人转是"秧歌打底，莲花落镶边"。莲花落亦称"落子"，是北方地区汉族民间的一种说唱艺术，边说边唱，载歌载舞。

报，甚至换来了仇，为什么呢？因为你教了我能耐，而我现在的能耐已经比你大了，只要你在这里一天，你就在我之上，我就得叫师傅，我就永无天下第一、占山为王的出头之日，时间长了我就恨了。所以恩有多大，仇恨就有多大。

我举个例子，向别人借钱，我借了钱之后还不上的时候，我再见到这个债主，我是不是低他三分？时间长了我不见这债主，如果我还不起我恨不得债主死了，要不我见他就得躲着。这个就叫大恩如大仇。中国古代有一些仁人高士，有这个见识。比方说他对谁有大恩他主动不见你，他全家搬走了，这不叫避祸，这叫避恩。我对你有恩，我躲你远远的，这不光是施恩不图报的高尚情操，同时也怕我给你这大恩，转换成大仇，你恩将仇报。所以我觉得，老虎跟猫这关系，揭示了中国人人心当中很阴暗的一面，这其实是很残酷的一个层面。

当然也只有老虎这样有权威、有势力、有能耐的动物，能够在人心里产生这样一种强大的威慑力。以至于在中国，如

果谁有伏虎的本事，那他就是大英雄。说到打虎大家都知道《水浒传》里边的打虎武松。当然，武松打老虎不是主动打的。他怕不怕老虎？他也怕。

从景阳冈过的时候，店中规定“三碗不过冈”。武松一听说怎么着不让喝？不行，非喝不可。

喝酒的时候，店小二就告诉他了，山上有老虎，你喝完了在这儿睡下吧，晚上过冈你碰上老虎你就没命了。武松喝点酒胆也大，真夜过景阳冈。上了冈，微风一吹，这酒稍微醒了几分。武松一看，坏了，山冈上有个告示写着此地有吊睛白额大虫。武松这时候有点后悔，你说我上来干嘛？算了吧，稳当点吧，这还喝了酒呢，我回去吧。可是刚走两步，一想不行，这要下了山反被店小二耻笑，怎么会那么倒霉我就碰上老虎呢？接着往前走。可是到了景阳冈他真碰上老虎了。武松得保命啊，兔子急了还咬手呢。武松把浑身解数使出来，把个老虎给打死了。所以说，武松被虎激发了他的巨大能量，不是他主动打虎。

要讲打虎英雄，武松算不上。谁算？《水浒传》里还有一位，就是李逵。李逵跟着宋江上梁山后，日子过好了，突然想起老家双目失明的老母亲没人照看。李逵是孝子，回去接母亲，背着老母亲奔梁山去。半路上，老母亲口渴，他把母亲放到山洞边，然后去找水。水找回来了，可是老母亲不见踪影了，地上有血迹。顺着血迹一看，一个老虎洞里边，两只小老虎正在吃他母亲的残躯剩体。原来是被母老虎给害了，叼到这儿来喂小老虎来了。你想这时候李逵什么心情，他挥起刀把两只小老虎全给杀了，然后把一只成年母老虎给宰了。最后吊睛白额老老虎也没逃过他的刀下。这时候李逵杀虎是主动性的，为了报仇涌起一股刚勇之气。但是李逵这次杀老虎给他心里留下了巨大的阴影。李逵本来就脾气暴躁，性如烈火，这一下子他心里有一种东西被极度地扭曲了。所以我在看《水浒传》的时候，我感觉李逵就是个杀人犯，而且是个心理变态的杀人狂，甚至某种程度上，他那个心理转换的过程，就和我们经常看到西方媒体报道的连环杀

手的情况差不多。所以说李逵杀虎给自己留下了一个扭曲的人生价值观，以追求杀人数量为乐趣，希望通过这个压倒梁山众弟兄，拔得头筹。因此杀虎这事是个转折点。

老虎在中国的文化当中代表着一种权威、一种武力、一种威严、一种刚猛之势，因此虎的形象在军队当中往往用得比较多。比方说林冲误闯白虎堂，白虎堂是高俅管的军机要地。这个老虎往往象征着死亡。我们说的四个方位——青龙、白虎、朱雀、玄武，其中的青龙在东方，象征着力量生长，草木葱茏；南方朱雀，朱雀就是鸟，鸟在夏天活动得比较多，南方温暖；西方白虎，西方对应秋天，秋天的时候万叶凋零，秋后问斩就是要杀人了，秋天的气象是肃杀之象，老虎就主这肃杀，象征着生命的终结。

虎的形象代表威严，常在司法上和军队中使用，比如说“虎符”。虎符是什么呢？说白了就是调动部队的一个凭证。比方说，将在外君命有所不受，我怎么让你听皇上的呢？皇上派了个大臣说，将军，

青龙、白虎、朱雀、玄武合称“四象”，又称四方之神。一般这四方之神常被运用于军容军列，成为行军打仗的保护神。道教兴起后，将青龙、白虎、朱雀、玄武纳入其神系，作为护卫之神，以壮威仪。后来，四象逐渐被人格化，并有了其封号，青龙号为“孟章神君”，白虎号为“监兵神君”，朱雀号为“陵光神君”，玄武号为“执明神君”。不久，玄武的信仰逐渐扩大，从四象中脱颖而出，跃居“大帝”的显位；青龙、白虎则被列入门神之列，专门镇守道观的山门。

皇上命你立刻回朝。你有什么证据啊？这个证据就是虎符。虎符是铜做的，是一个老虎的形状，然后从脊背一分为二。这右半边皇上拿着，左半边给将军，将军拿这个出兵。如果皇上调你回来，派个大臣去，光空口白话不行，还得拿出那一半虎符。两边对上了，说明你是皇上的特使。而且这个虎符是一支军队一个，比方说有第一军、第二军、第三军，就总共有三个，三个军队各有一半在皇上那儿，另外一半在自己这儿。皇上不能用一个虎符调动所有军队。所以虎符的权威和它的独特性就在这儿。

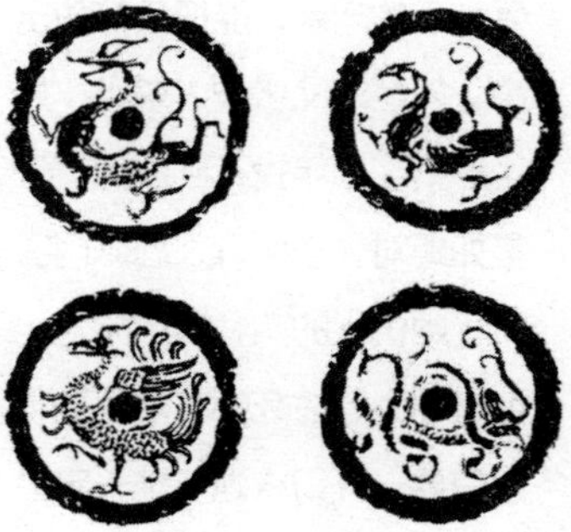

大家可能还记得战国的时候，有个著名的故事叫“信陵君窃符救赵”。这是什么意思呢？当时秦国的军队把赵国的都城邯郸给围住了。这个时候赵国有位大臣叫平原君，这个平原君的小舅子叫信陵君，是魏国的一个大臣。平原君一看赵国将亡，赶紧派使臣向魏国求援，说动魏王派大将晋鄙带领十万大军去解赵国之围。到了赵国之后，晋鄙一看秦军势大，兵强马壮，就犹豫了，就给魏王写了封信。魏王一看，就想为赵国得罪秦国值不值得？让晋鄙等两天，看看情况。军情十万火急，等不起，赵国都城岌岌可危。平原君没办法，二次派探马催信陵君，让他赶紧想办法让魏王出兵。信陵君也不好说什么，但是据说这信陵君跟魏王的一个妃子如姬夫人有点关系，他就跟如姬夫人商量，你能不能趁大王睡觉的时候，把这虎符偷出来。如姬夫人也真听他的，把这虎符给偷出来了，偷出来之后信陵君快马加鞭拿着虎符赶到了晋鄙大营，这一下子就把秦朝的部队击退了，赵国转危为安。信陵君窃符救赵是历史上出了名的典故，而这也说明，那个时候虎符对军事作战有多重要。

大梁夷门的守门人侯嬴向信陵君献计："我听说兵符常放在魏王的卧室内，而如姬最受魏王的宠幸，能把兵符偷出来。如姬的父亲被人杀害，如姬悬赏了三年找不到仇人。于是如姬对公子哭诉，您派门客斩了她仇人的头，献给如姬。如姬想为您去死都在所不辞，您只要一开口求她，她一定会答应。拿到虎符，夺过晋鄙的军权，可以向北援救赵国，向西打退秦军，这是王霸的功业啊！"公子听从了他的计策，盗得了兵符。

有不少占山为王的土匪头子在椅子上披一个虎皮，代表着一种权威。就是说，有这虎皮，我就是山上的大王，名正言顺。在民间有个典故叫"与虎谋皮"。什么意思呢？你跟老虎商量，把你这皮给我吧，它不能干。为什么？那一身虎皮就是它全部家当。

有一个很有意思的故事。当年有一个姓崔的进士，住在一个庙里，半夜三更的时候，听到外面有老虎叫唤的动静，过一会儿忽然从院门进来个女的，长得很漂亮。她说：“小女子已走投无路，今晚能在这里借宿一宿吗？”这个崔书生一看这女子长得漂亮，就和她好上了。好上是好上了，这姓崔的留了一手，他怀疑这女子是老虎变化的。快天亮的时候，这女的还睡着呢，他起身到后花园门那里一看，果然墙面有张虎皮。他把这虎皮拿起来扔到井里，上面盖上盖。早晨这女的起来私下找这老虎皮找不着了，没办法了，只得死心塌地跟着崔书生进京赶考。这后边的故事就俗套了，崔书生高中状元，两个人结婚后过了六年，生了俩孩子，又故地重游来到这个庙里。这个崔书生想，这女子都跟我一块过六年了，还能怎么着啊？就告诉她那张老虎皮放井里头了。结果，他那夫人到井边把虎皮捞上来，披到身上之后，大吼一声变成虎形，一阵风似的跑了。

这个故事说明什么呢？老虎有那张皮才是老虎，没那张皮就不是老虎了。这有点像什么？有的做了官的朋友退休了，人

周朝时，有个人爱胡思乱想。他想得到一件狐皮袍子，可拿不出那么多钱。他突发奇想，出城直奔山林，找到了狐狸，求狐狸送他一张狐皮。狐狸听后拔腿就逃，带着全家藏进深山。这个呆子不死心，又去捉羊讨肉吃。羊立刻大呼小叫，领着羊群躲到山坳去了。结果，这个呆子两手空空，一无所获。成语“与虎谋皮”由“与狐谋皮”演化而来。比喻向坏人索取，枉费心机。

一走茶就凉，难受。人家敬他什么？不就是敬他背后官的光环吗？不是敬他本身的能耐。在官场当中，所谓的官衔不就跟虎皮一样吗？有这个官衔人家敬你一分，没这个官衔你什么也不是。

十二生肖之兔露新事

说到十二生肖中的兔，给大家普及一个常识。进入2011年时，好多媒体说玉兔迎春什么的，那是不准确的，因为这个十二生肖计年，是从农历大年初一开始。从阳历1月1号到1月23号这段时间还是农历虎年，所以不能说过了元旦就是兔年了。

在中国的民间，兔子应该说是一个毁誉参半的动物。就是说，有一半人认为兔子很可爱，你看儿歌不是写“小白兔，白又白，两只耳朵竖起来。三瓣嘴两边开，爱吃萝卜大白菜”吗？但是在一些传说里兔子不那么可爱，比方说大家知道的龟兔赛跑中，这个兔子骄傲了，躺那儿睡觉，成了一个反面的典型。还有我们说的狡兔三窟，说这兔子狡猾，这儿买间房，那儿买间房，各处都有它的家。现在有的贪官把老婆孩子弄国外去了，自己也整一本护照，随时准备撤退，我们说这个贪官也如狡兔一般。所以，兔子在人心目当中，不完全是正面形象。

在《西游记》里，有关于玉兔的故事。说有一个玉兔精，下凡后为非作歹。玉兔精是民间传说当中对兔子最高级别的诠释。月亮里有玉兔，玉兔就跟着嫦娥吗？不是。那个玉兔是跟着吴刚的，是吴刚的老婆，这两口子合伙做了点坏事。玉皇大帝一看，罚他们到月宫去。怎么上月亮还叫罚呢？你别忘了，月宫叫“广寒宫”，里面非常荒凉。当初本来应该是嫦娥跟后羿两口子上去，嫦娥自己上去了，从此过着孤寂的生活，所以说“嫦娥应悔偷灵药”。从美国的阿姆斯特朗登月的照片上也可以看出，月亮上面光秃秃的。把吴刚两口子弄那里去，是发配。不光发配到那儿，还要在那儿干苦力活，让吴刚拿个斧子砍桂树，这个桂树砍了就长上，反正你永远这么干下去。这体力活是老爷们儿干的，女的干不了，罚他老婆干嘛呢？

变成兔子去伺候嫦娥。

我在序言中介绍“兔子”这个名字的来历时讲了伯邑考的故事，由这个故事还引发了“兔子”的另一层含义。

故事中，美貌的妲己勾引伯邑考，伯邑考却不为所动，伯邑考怎么对妲己就不动心呢？相传伯邑考不喜欢女人，喜欢男人，这是中国历史上很早的一个同性恋，正是由于有伯邑考这个典故，后来兔子身上就加了一个很不雅观的说法，说“兔子”是男妓。有的人说不对，比如说妓女有的地方叫野鸡，这是一种蔑视的称呼；男妓有的地方叫鸭子，怎么叫兔子呢？这男妓要是伺候女的叫鸭子，男妓要是伺候男人——就有好男色的达官贵人——就叫兔子。

解放前的上海、天津、北京，都有专门干这个的。为什么管这样的叫兔子？一个说法说是从伯邑考这儿来的，另一个说法是相传兔子身上缺了一件东西。缺什么呢？学名叫雌性生殖器官。这一点跟同性之间的性行为有密切关系。有人说十二生肖既然能代表年份，人是万物之灵，怎么

传说月亮里有一棵高五百丈的桂树。汉朝时有个叫吴刚的人，醉心于仙道而不慎犯了天条，因此天帝震怒，把他拘留在月宫，令他在月宫伐桂树，并说：“如果你砍倒桂树，就可获仙术。”但吴刚每砍一斧，斧起而树上的创伤马上就愈合。日复一日，吴刚伐桂的愿望仍未达成。因吴刚在月宫常年伐桂，始终砍不倒这棵树,所以后世的人得以见到吴刚在月中无休无止砍伐桂树的形象。

没有跟十二生肖并列排在上边呢？这主要因为人是完美无缺的，上天造人，完美无缺，该有的都有。可是十二生肖中的十二种动物，每一种动物都缺一样器官。

前面说了，兔子缺的是雌性生殖器官，其他十一种动物都缺什么器官呢？我们一样一样来说。鼠无脑。有人说这不对，老鼠聪明，怎么能无脑？耗子有算计，但是没有大局观。民间有句话，你这人属耗子的，落爪就忘，就是说你看到就想拿点，但是背后的危险，大局上的事你不掌握。牛无什么？牛无牙。老牛怎么没有牙呢？牙前面这个门牙这叫牙，两边这个叫齿，老牛没有前头牙，只有两边齿，嚼大东西嚼不碎。你看老牛吃草，先是囫囵吞枣咽下去，然后再反刍上来，自己慢慢消化。虎无什么呢？虎无项，就是脖子。老虎怎么没有脖子呢？有一句俗话，老虎不吃回头食。是说老虎轻易不愿意转动脑袋，因为它的胫骨长得比较死，转动一次挺费劲儿。兔子刚才说过了，再说龙，龙无什么？龙无肝，凭什么说没有肝？民间有一句话，世上最好吃的是什

伯邑考，姬姓，名考。“伯”为其排行，“邑”一说是表明其世子身份，一说是被封为“邑”这个官职，故称“伯邑考”。

么？龙肝凤胆。因为世上最好吃的东西它不存在，现在大家说说世上最好吃的是什么，你肯定说不出来。只要是存在的东西，一定是萝卜青菜，各有所爱，你爱吃我不一定爱吃。而没有的东西是所有人都喜欢的。所以龙肝是世界上最美味的，因为不存在，你才觉得它是最好吃的。蛇无什么呢？这个简单，蛇无足。画蛇添足这个成语就给大家解释了。马无什么呢？马无尾。有人说你是胡说，马尾巴穿豆腐提不起来，这不是有尾巴吗？就因为提不起来它才没尾巴，你看牛、羊、驴的都是一根，能立得起来，马尾巴立不起来。有那样一个笑话，说有一匹马从南往北走，走了20步，调转过脑袋往西走30步，再调转过脑袋往东走60步，那尾巴冲哪儿？有人说马尾巴冲南。不对，马尾巴冲下，它提不起来，一直冲下。所以马无真正的尾巴。羊无什么呢？羊无胆。说一个人胆量小，常常说他跟小绵羊似的。猴无什么呢？有人说猴没有屁股。屁股红，怎么没有？说猴在那儿坐着磨的。这不对，猴无什么？猴无胃。消化食品的胃，不是一点没有，胃比别的动物小。你看猴两边腮帮子多大，那是干什么的？吃完东西，胃小，消化不了，先用腮帮子存着，靠唾液来一点点帮助消化。说一个人尖嘴猴腮的，就知道两个腮帮子大。鸡无什么？鸡无膀胱。这个好理解了，小鸡不撒尿，它的屎尿是混在一块的。狗无什么呢？狗没有腿。有人说这又胡说了，狗四条腿，怎么没有腿？这是个古老的故事，跟八仙里曹国舅有关。曹国舅当初成仙以后，到一个县里面转，发现这里的县太爷爱民如子，可是腿有毛病。县太爷经常下去巡视，腿有毛病也不行，曹国舅说，你看下面的衙役哪个不地道，把他腿截下来，我给你装上。这县太爷是有腿了，衙役又没腿了，怎么办？找到一条狗，把狗的后腿砍下来给衙役接上了。后来管跟班的叫狗腿子，是从这儿来的。那狗没腿也不行，曹国舅一看，用纸混合泥给狗捏了一条腿，所以狗的后腿是后接上的。你看狗在电线杆子、大树底下撒尿，要把腿抬起来。为什么抬起来？狗也知道这是泥捏的纸糊的，狗尿一浇容易给浇化了。所以说

也有一种说法是兔无唇，即兔子是三瓣嘴，没有上嘴唇；龙无耳，“聋”字就是由“龙”耳组成；马无趾，牛、羊、猪的蹄子，都是两瓣的，唯独马蹄子不分瓣，在动物学分科上，马属于“奇蹄目”；羊无睛，羊的眼珠不会动。

狗无腿。最有意思的是猪，猪无耳。有人说猪有耳朵，猪八戒的耳朵那么大。就是因为耳朵太大了，把整个耳洞全遮住了，没有听力了。猪无耳是指这个。猪有四个特点，第一个就是耳朵太大，盖住了不听劝。再一个，不抬头，就能看见眼前这么点地方，往前拱，远处的事一点看不到。第三个是不住嘴，不光是吃，猪没事就在那儿哼哼，觉得谁都对不起它，净埋怨别人。这是不住嘴。第四个最有意思的是不认命。我们都见过杀猪，把猪绑上之后要宰了，叫得那么天崩地裂的。人家养猪是干什么的？凭什么白喂你吃喝，就是宰了你吃肉的。可是它不认命，到杀它的时候狼哭鬼嚎的。所以猪身上有四个毛病，就是不听劝、不抬头、不住嘴、不认命。大家想想，现实当中，有多少人也有这四样毛病？

说完各个动物缺什么，我们继续来看兔子。在其他国家，兔子也一样毁誉参半。比如我们经常说的流氓兔，可爱是可爱，行径不怎么地。再比方说花花公子品牌的那个兔子形象也是风靡世界。兔子形

流氓兔，又名霸王兔，1999年5月8日诞生于韩国。是由金在仁先生创造的卡通人物，是一只眯着眼的兔子，喜欢使用贱招。曾是商场中一款非常受欢迎的玩具，不仅深受儿童喜爱，也成了年轻人之间相互赠送的独特礼品。

象在西方社会里，也是一半人夸它，一半人骂它。

十二生肖之祥龙抬头

十二生肖里边，除龙之外，都是我们生活当中常见的动物，龙是现实生活当中不存在的动物，它是被“创造”出来的。

“龙”的出现与古代部落的图腾崇拜有关，这我在前面已经讲过。

龙，由于现实生活中没有，显得神圣无比。比方说什么东西最好吃？叫龙肝凤胆。为什么龙肝凤胆好吃呢？现实生活当中没有龙，没有凤，因为谁也没吃过，我说它好吃，当然就是好了。龙成为中华文明当中一个重要的图腾，其实就在于它的虚幻缥缈，并不存在。因为它不存在，所以和龙有关的东西，都披上了一层神秘的外衣。一般来说，皇族用的东西得有龙，你看大清留下来的那些皇上用的服饰上，那个龙都是五爪金龙，普通人用龙，不敢用五个爪，而且不敢用那种通体金黄的龙，那是皇上所独有的。所以龙在中国

图腾是群体的标志，旨在区分群体。运用图腾解释神话、古典记载及民俗民风，往往可获得举一反三之功。图腾就是原始人对某种动物或自然物的崇拜，因而用来做本氏族的徽号或标志。

象征一种强权，也象征一种吉祥、一种威严。这一点跟西方国家不一样。西方国家也有龙，可它那个龙是什么样呢？有不少人看过一些漫画书，西方的龙其实像一个大蜥蜴似的。它也长角带翅膀，爪还很厉害，还能喷火。比较典型的就是大家看的李连杰演的《木乃伊Ⅲ》里边的龙帝。电影里说当年秦始皇变化成一条龙，开始横征暴敛，不是一个好皇帝。后来被当成兵马俑给镇压起来了，隔了多少年以后又复活了。

《木乃伊Ⅲ：龙帝之墓》是《木乃伊》系列的第三部电影，该电影是以外国人的认识为基础，加上天马行空的想象创作的故事。

这个片子里的龙就是西方人眼中的中国龙的样子，所以李连杰变化成的那种龙，是西方的龙，不是中国的龙。而且西方人认为，龙是残暴的象征，不是我们想象当中的权威、吉祥的象征。我们中华民族的传统文化走向海外的时候，以龙作为一个重要标志，在跟西方人的融合过程中不太畅通，这也反映东西方的文化不同，对龙的认识不同。

龙在我们生活当中，除了象征着权威人物以外，也象征着才俊，比如我们经常说“望子成龙”，说“播下的是龙种，收获的是跳蚤”，比如，相传孔夫子就是龙的后人。据说孔子他父亲有一次到田间去，给孔子的母亲送饭，老远看见他母亲躺在地头上睡觉，身上趴着一条龙。回来之后，他母亲怀孕了，就生下了孔子。因此，说孔子就是龙的传人。从这个角度想也对，虚构的一些人物、动物，因为虚幻缥缈，才显得伟大了不起，如果落到实际上，给每一个动物挑毛病都能挑出一堆。说中华民族是龙的传人，你听着好听，要说马的传人、羊的传人、狗的传人，听着不好听。所以龙虚幻，它倒有一种独特的定位。

春秋战国的时候，秦国有一个很了不起的年轻人，叫萧史。这个人吹箫吹得特别好，秦穆公认为这是个青年才俊，就把女儿弄玉嫁给了萧史。两个人在一起一边奏乐，一边修仙，最后得道了。得道是什么样子呢？萧史骑着龙，弄玉骑着凤。

两个人双双升天成仙了。后来人说，你看人家找了一个“乘龙女婿”，多好，就是说秦穆公有眼光。历史上也叫萧史乘龙，弄玉乘凤。这就是乘龙快婿的典故。

相传，春秋时秦穆公的爱女弄玉酷爱音乐，尤喜吹箫。一晚，她梦见一位英俊青年，极善吹箫，愿同她结为夫妻。穆公按女儿梦中所见，派人寻至华山明星崖下，果遇一人，羽冠鹤氅，玉貌丹唇，正在吹箫。此人名萧史。使者引至宫中，与弄玉成了亲。一夜两人在月下吹箫，引来了紫凤和赤龙。于是萧史乘龙、弄玉跨凤，双双腾空而去。秦穆公派人追赶，直至华山中峰，也未见人影，便在明星崖下建祠纪念。

现在有的人家结婚，会写副这样的对子，上联，“云汉桥成牛女渡”，下联，“春风箫引凤凰飞”，上联说牛郎织女，下联说的就是萧史弄玉。后人称赞谁家女婿很有出息，就叫乘龙快婿。

龙有九子这个说法由来已久，但是究竟是哪九种动物一直没有说法，直到明朝才出现了各种说法。明代一些学人笔记，对诸位龙子的情况均有记载，但不统一。

龙这个动物，很有意思的还有一点，我们生活当中经常说一句话，叫“龙生九子，各不相同”，说再有能耐的爹娘，你生的孩子不见得像你，而且他们之间各不相同。那龙生九子指的是什么？

我举一个例子，二人转有一个小帽儿叫《送情郎》，里边唱：“小妹妹送我的郎啊，送到了大门北，一抬头我看见了一个王八驮石碑。”“一个王八驮石碑”，那是王八吗？不是，那个根本不是乌龟，是什么呢？那就是龙生的九子里的老大，叫赑屃。它的特点就是愿意背重东西。有个成语叫睚眦必报，有的人说我知道，睚眦不就是拧眉瞪眼吗？睚眦就是龙生九子里的一个。它的特点是好斗，愿意跟别人打架，所以过去把睚眦雕到刀剑的柄上。刀剑要打斗，这不是借它的勇敢劲儿吗？还有饕餮，说这个人是个饕餮之徒，是形容他贪吃。这也是龙生九子中的一个儿子，把它雕到青铜器的餐盘上，代表大吃大喝。还有狴犴，狴犴是干什么的呢？它就喜欢跟别人吵架，愿意打官司，所以把狴犴的形象放到监狱外边或者放到法院——过去叫大理寺，一边一个，这叫狴犴。还有狻猊，喜欢吞云吐雾，喜欢烟，所以香炉上面扣一个狻猊。在狻猊那嘴上插香头，往外喷烟。还有蒲牢，叫声特别大，所以把它放到庙里的钟上，一撞它声音非常响。这龙生的九子里面，奇形怪状的是相当多。还有人说麒麟也是它儿子，还有人说貔貅也是它儿子。貔貅是什么呢？经常被用来当作财神的象征。什么意思？貔貅这动物怪，光吃不拉，吃进去多少都不拉，意思是攒财，只收财，不往外花。所以，祝愿别人能发财，会送一个貔貅。龙生九子是各不相同，其实代表着中国人对美好事物、对与自身有利的一些事情的向往。其实龙生九子就是把传说当中龙的功能分散开，让它走入寻常百姓家。

刚才我说了，龙在中国可以行云布雨，各地都有龙王庙，农民过去会拜龙王

关于龙生九子，还有一些说法包括有：

囚牛，喜音乐，蹲立于琴头；

嘲风，平生好险，今殿角走兽是其遗像；

负屃，身似龙，雅好斯文，盘绕在石碑头顶；

螭吻，又名鸱尾或鸱吻，口润嗓粗而好吞，遂成殿脊两端的吞脊兽，取其灭火消灾之意；

椒图：形似螺蚌，好闭口，因而人们常将其形象雕在大门的铺首上，或刻画在门板上。螺蚌遇到外物侵犯，总是将壳口紧合。人们将其用于门上，或取其可以紧闭之意，以求安全。

求雨。翻开黄历本，哪年水大，哪个季节水小，用什么记载？叫几龙治水。比方说三龙治水，这是旱年；九龙治水，坏了，发大水了；最好是六龙治水、七龙治水，这说明风调雨顺。所以龙王爷跟水之间有密切的关系。《西游记》里边一说到龙王，那也是能下雨能打雷。龙王在神话世界里很有意思，赋予它的地位不高不低，这龙要跟玉帝、神仙比差一截，可比凡人高一层，但是一碰到孙悟空这样的，就成了受欺负的了。

为什么会有这样的定位呢？人不是敬畏龙吗？这就是人的一种微妙心态。一年到头到龙王庙里跪拜，有的龙还得喂它童男童女。好不容易把这雨求下来，丰收了，可是人心里恨这龙王，我年年给你跪拜，心里头窝囊，怎么办呢？到丰收的年月或者过年的时候耍龙灯。耍龙灯是干什么？把你这老东西好好耍一番，发泄发泄，所以这个过程很有意思，体现了中国过去社会，人对权威那种既敬又怕还恨的复杂心态。而我们今天有的时候，对于掌握着权势的一些人物，心态恐怕也和农民对龙的心态一样。

十二生肖之七嘴八蛇

一提到蛇这个字，可能有的人就不是很舒服，涌起阴冷、阴险、狡诈邪恶、贪婪的感觉。好像一提到蛇就没什么好词，其实不完全是这样。因为中国人有一个很吉祥的事和蛇有关，民间说属蛇的和属兔的要结婚了，大家高兴，这叫什么呢？叫“蛇盘兔，必定富”，认为是好事，将来日子会过得红红火火。这是从哪儿来的呢？我们知道兔子在神话当中象征着月亮。蛇盘兔是什么意思呢？蛇身体是圆的，围成一个环把兔盘在中间，这个圆象征着月亮，而那玉兔在月亮里，这还不够圆满吗？所以蛇盘兔取的是这个意思。

可是在中国民间，像这样说蛇好话的实在是太少。而且不光是在中国，西方也是这样。打开《圣经》，亚当、夏娃在伊甸园里待得好好的，有一条蛇撺掇他俩把禁果吃了。吃下之后亚当、夏娃知道羞耻了，被上帝撵出伊甸园。当然有人说了，

《圣经》不仅仅是一本宗教读物，其中更融合着历史、文化、政治、经济。它与希腊文明一起，烂觞了今天的欧美文化。其中的《旧约》反映了犹太民族的形成发展，赞颂了犹太人民的智慧与创造力。这些美丽的故事，蕴含着深刻的思想内涵，是一笔丰富的精神财富，曾给无数的文学家、艺术家、思想家提供无穷的灵感与启迪，至今仍有极高的阅读价值。

（接上页）《圣经》中最早成书的约伯记在约3500年前完成，到最后成书的启示录，历时约1600年，共有超过40个作者。这些作者多为犹太人，其文化水平、身份地位和职业各有不同，其中有君王、先知、祭司、牧人、渔夫、医生，等等。各作者受神的默感，描述神给各人的启示各自成文。此后口耳相传，最后由各宗教组织权势团体集结成册，并各自宣称其为正统《圣经》。

没有蛇撺掇，人类就不会诞生。但不管怎么说，蛇在这里是一个阴险狡诈、进谗言的负面形象。

那么为什么东西方对这个问题的认知会如此一致呢？首先因为蛇是个冷血动物，没有温度，所以给人的感觉很阴冷。再一个原因，蛇生活的地方都是些阴暗、偏僻的地方，让人看着就觉得别扭。还有一点，蛇来去如风，行走的那些地方人都找不到，显得很诡异。而且有的蛇本身是有毒的，也有牙挺长的，有专吃小动物的。反正看起来都不是光明正大的举动。给人的感觉很不好，这在东西方来说是达成共识的。其实蛇的形象在民间传说过程当中，是一步一步变化来的。

蛇有多种的变种形式。因为人不经常看见蛇，偶然看到蛇之后就会产生一种幻想，比如有人说有长着脚的蛇，还有两头蛇。民间说见到两头蛇是很不吉利的事儿。战国时候有一个人叫孙叔敖，这个人小的时候就看到一条两头蛇。他母亲告诉过他，见到两头蛇你就没命了。当时他虽然害怕，但是很勇敢地拔出剑来，把这两头蛇杀了。然后回家见到母亲就哭，母亲问，孩子，你哭什么呀？他说我活不长了。说怎么回事？我见着两头蛇了。他母亲说那你怎么办了？说我把这蛇打死了。他母亲说你怎么还敢打这蛇呢？他说我见到两头蛇，我活不长了，这蛇要活着让别人见着，别人不也活不长吗？我死就死了，我不能让它再害人。他母亲说，你呀，好心必有好报。后来孙叔敖成了楚国的宰相，这是好心有好报的典型。还有的人说，蛇蜕皮的过程你不能看，你要见着蛇蜕皮，你不死扒层皮。这都是由于大家对于蛇一些神秘的生活习惯的不了解所带来的。

在中国民间，有各种各样把蛇拟人化的方式，比方说我们的祖先伏羲、女娲、轩辕，这三个都是人首蛇身。人的脑袋，蛇的身子。为什么我们的祖先会有这种图腾呢？因为蛇在古代确实来去如风，不好抓它的踪迹，时间长了人们就觉得神秘，就把它作为图腾崇拜。对自然界当中很神秘的东西，人们容易把它变成一种图腾崇拜。像东北跳大神，尊四个神仙分别是

孙叔敖是古代为官清正廉洁的典范。孙叔敖任令尹期间，三上三下，升迁和恢复职位时不沾沾自喜，失去权势时不悔恨不叹息。孙叔敖作为宰相，权力在一人之下、万人之上，但他轻车简从，吃穿简朴，妻儿不衣帛，连马都不食粟。成为《吕氏春秋》《荀子 · 非相》中记载的圣人。楚庄王二十年前后，孙叔敖患疽病去世。作为一位令尹，家里竟穷得徒有四壁，连棺木也未准备。他死后，儿子穷得穿粗布破衣，靠打柴度日。

《文选·王延寿》曰："伏羲鳞身，女娲蛇躯。"又有《汉书·人表考》卷二引《春秋世普》曰："华胥生男子为伏羲，生女子为女娲。"此外，苗族有"伏哥伏妹治人烟"传说，布依族、瑶族均有"伏羲兄妹"传说。

黄鼠狼、狼、蛇，还有狐狸，怎么叫呢？狐狸叫胡天青，黄鼠狼叫黄天霸，狼先生叫狼天彪，蛇先生叫长小英。为什么叫长小英？蛇不是被称为长虫吗？大家觉得这很神秘，就开始崇拜。所以伏羲、女娲、轩辕三位古代人物，都被说成是蛇身的怪物，但是法力无边。有一些传说把蛇和人往一块儿捏。比方说美女蛇，人们常说一个女人很漂亮，但是心如蛇蝎，很毒，这叫美女蛇。

鲁迅在他的《从百草园到三味书屋》里，讲过他小时候听的美女蛇的故事，挺吓人的。说有一个书生姓王，在进京赶考的路上没有旅店歇息了，就住到一个古庙里。这个古庙很荒凉，非常破败，那蒿草长得有一人来高。结果，天热晚上睡不着觉，把书放到屋里，他就到院子里纳凉。突然听着有一个很好听的声音叫他的名。他想，这荒郊野外，我谁也不认识，谁叫我呢？四处一看，墙头上有一个美女的脸出现了，非常漂亮。这王生挺高兴，就答应了，你找我？突然那个脸消失了，这个人没了。王生挺奇怪，这荒郊野外哪儿来的美女啊？第二天早晨起来，一个老和尚来了，上上下下看他半天，说，施主，这庙是我的。你昨天在这儿住了吗？王生说住了。这和尚说，我看你脸上有不祥之兆啊，你这脸上带妖气，你昨晚上可能冲着妖精了，你跟我说说怎么回事儿？王生一想，就把这事儿说了。

《从百草园到三味书屋》是鲁迅于1926年创作的一篇描写童年妙趣生活的回忆性散文，此文被收入《朝花夕拾》。

说有个声音叫我，挺好听的，我看着有个美女，我就答应了。和尚说坏了，今天晚上不管你住哪儿，这个美女必来取你性命。为什么？这是美女蛇，是个妖怪，你只要答应了，她晚上就来取你的命，你挡不住。王生一看，这怎么办呢？方丈，你救我一命啊。老方丈说，既然我赶上这事了，我不能不管。来，我给你个盒子。这个盒子是紫色的，外边有一个像蜈蚣脚那样的纹。王生问这是什么？和尚说我这里边有一个飞蜈蚣。这飞蜈蚣干嘛？你不用管了，今天晚上你把这个匣子放到枕头边，外边多大动静你别吱声，也别出门。匣子放到这块，一动别动，记住没有？晚上书生拿着盒子往前走，住在一家旅店。半夜三更他害怕，能睡着觉吗？正感到非常恐惧的时候，就听外边草丛里发出沙沙的声音。一听这真是蛇来了，把他吓的，正魂不附体之时，就看一道红光从枕头边的盒子飞出去了。不一会儿，这红光飞回来了。再一听外边，万籁俱寂，鸦雀无声。第二天早晨，没等他起来，老和尚来了，说把这盒子给我吧。昨天晚上怎么样？王生说一道红光出去，后来又飞进来，把我吓得没敢动。老和尚说，你没事了，为什么？飞蜈蚣专门吸蛇的脑髓，它把这蛇咬死了，你从此太平无事了。这个故事里说的就是美女蛇出来害人的事，这是把蛇的恶性跟人结合到一块儿。其实蛇在中国民间还有另外一种寓意，民间经常是拿蛇当龙使，就连佛教里都是。比如金庸的书《天龙八部》里写的。

天龙八部，佛教术语，天龙八部都是“非人”，包括八种神道怪物，因为“天众”及“龙众”最为重要，所以称为“天龙八部”。八部包括：一天众、二龙众、三夜叉、四乾达婆、五阿修罗、六迦楼罗、七紧那罗、八摩睺罗伽。

《天龙八部》里这个龙是什么呢？标准的龙，每天得吃五百条“小龙”，就是五百条小蛇。这个龙以毒蛇为食，到了最后要死的时候，毒蛇的毒液发作，把龙的肉身烧没了，就剩一颗青青的玻璃心。所以说，这里的龙跟蛇其实是相衔接的。蛇大了，自然而然修炼成功了，那就是龙。而且农业节气里也有这样的概念，民间有句话叫“二月二，龙抬头”。有人说这跟龙有关，跟蛇有什么关系？跟蛇真有关系，不是有二十四节气歌吗？“春雨惊春清谷天，夏满芒夏暑相连。秋处露秋寒霜降，冬雪雪冬小大寒。”每年到农历二月二在节气里叫惊蛰。是什么意思呢？就是开始打雷了，万物复苏了，土壤的水分也出来了，原先躲在土里冬眠的动物，比如蛇、老鼠也开始出来活动了，破土而出。这时候叫惊蛰。蛇在这个时候破土而出，结束冬眠，就象征着龙起来了，所以叫“二月二，龙抬头”。它是从这里来的。有时候你细究蛇的本意，它不是完全跟邪恶挂钩的。我再说一个事儿，说你这人太贪了，怎么形容呢？“人心不足蛇吞象”，就好像这蛇吞个老鼠，吞只羊，吞个马不够，还想吞大象。其实这句话是误传。

这个象不是大象的“象”，而是宰相的“相”，应该是“蛇吞相”。而这个故事里，蛇不是贪婪的，反而是很宽容的。这是怎么回事呢？当年有条小蛇，这条小

“二月二，龙抬头，大家小户使耕牛。”此时，阳气回升，大地解冻，春耕将始，正是运粪备耕之际。传说此节气源于三皇之首伏羲氏时期。伏羲氏“重农桑，务耕田”，每年二月二这天，“皇娘送饭，御驾亲耕”，自理一亩三分地。后来黄帝、唐尧、虞舜、夏禹纷纷效法先王。到周武王，不仅沿袭了这一传统做法，而且还当作一项重要的国策来实行。于二月初二，举行重大仪式，让文武百官都亲耕一亩三分地，这便是龙头节的历史传说。

蛇眼看在大雪天就要冻死了，碰上个农民。说这不是农夫和蛇的故事吗？不是。这个农夫把蛇带回家了，这蛇活过来了之后农夫就把它放生了。在山里面，蛇一天一天长大，它很感激农夫，农夫那时候还继续上山喂它野果，这蛇就给农夫逮点山货什么的。时间长了，他们之间关系越来越好。后来这条蛇盘在一个山崖上，山崖那里有一个山洞，洞口有一株灵芝草。刚开始灵芝草还小，后来灵芝草越长越大，可是这蛇在这儿盘着，没人敢摘。有一年，皇后得了一种心绞痛的病，太医给开药，说非得是多年的灵芝才能治这病。皇帝一打听，只有这地方有灵芝，可是这蛇在这儿盘着，谁也不敢靠近。怎么办呢？全国悬赏，谁若能够把这灵芝采回来，就赏谁金银珠宝无数。农夫一看告示，想这蛇跟我关系好，没问题，把榜撕下来了，回头找那蛇去了。你把这灵芝给我吧。蛇一看恩人要，那拿走吧。农夫就把灵芝拿走了，给了皇帝，皇帝赏赐他很多金银珠宝。

又过了一段时间，皇后心绞痛病又发

关于“人心不足蛇吞象”的传说还有另一版本。

相传宋仁宗年间，有一对母子，母亲年迈多病，不能干活，日子过得很苦，儿子王妄，三十岁，没讨上老婆，靠卖草来维持生活。

有一天，王妄照旧到村北去拔草，拔着拔着，发现草丛里有一条七寸多长的花斑蛇，浑身是伤，动弹不得，王妄动了怜悯之心，小心翼翼地拿回了家，母子俩精心护理，蛇伤逐渐痊愈。

作了。说这灵芝咋不好使了呢？太医给开药，说非得是把那蛇的眼珠子拿来当药引子，服进去再配合灵芝才能治这病。这个时候皇帝想起来，当时那个灵芝谁弄的？找那农夫，把他找来了，说你要救了我皇后的命，我封你为当朝宰相。这农夫一想，值，于是又找这蛇去了。说明来意，要你眼珠子治病。蛇一想，受人滴水之恩必涌泉相报，忍痛把一个眼珠子抠出来给农夫了。农夫拿着蛇的眼珠子回来献给皇帝，皇后吃后病好了。皇帝龙心大悦，就封他为当朝宰相。大家注意，这时候这农夫是宰相了。又过了两年，这皇后的病又犯了，太医一看说，只有一种方法能治，把那个大蛇的心摘出来当药引子才能治。这个时候皇上说了，如果你能够帮我这个忙，把我这皇后的病治好了，朕的江山都给你，你来当这个皇上。农夫贪心，原先穷，后来发财了，又当了官，现在又想当皇上。所以这时候，农夫在贪欲的支使下又找这蛇去了，见着蛇说，我现在是当朝宰相了，我有机会能当皇上，你得帮我。蛇问，怎么帮你？农夫说，皇上的皇后有

（接上页）宋仁宗想要一颗夜明珠玩玩，就张贴告示，谁能献上一颗，就封官受赏。这事传到王妄耳朵里，回家对蛇一说，蛇为报恩，告诉王妄自己的双眼就是两颗夜明珠，让王妄将一只眼挖出来献给皇帝。

王妄挖了蛇的一只眼睛，第二天到京城，把宝珠献给民皇帝。皇帝非常高兴，封王妄为大官，并赏了他很多金银财宝。

病，要用你的心治病，当药引子，你把这心让我摘去。但摘去蛇心蛇就死了，这蛇一听有点受不了，说，行啊，你不于我有恩吗？来吧，把嘴张得大大的，你进来掏这心来吧。农夫贪心大盛，哪管别的，进去就要掏这心。这时候蛇大嘴一张，把这个农夫——当朝宰相——一口吞进去了。

你看恶人终有恶报，贪心不足没有好结果。它吞的是当朝宰相，因此叫“人心不足蛇吞相”，这个相是宰相的“相”。原先说“人心不足蛇吞象”，那岂不是把蛇的用心都给误解了吗？这民间传说讹以传讹，传来传去，不定最后传成什么样，也就是说我们对蛇的了解，很可能是基于人类一种错误的理解。

皇上看到宝珠后，很赏识，占为己有，西宫娘娘见了，也想要一颗，不得已，宋仁宗再次下令寻找宝珠，并说把丞相的位子留给第二个献宝的人，王妄想，我把蛇的第二只眼睛弄来献上，那丞相不就是我的了吗？于是到皇上面前说自己还能找到一颗。王妄回去后欲挖蛇眼，蛇见他变得这么贪心残忍，身变作大梁一般，张着大口冲他喘气，王妄吓得魂都散了，想跑已来不及，蛇一口就吞下了这个贪婪的人。

十二生肖之天马行空

十二生肖当中，马和其他动物多少有点不一样，你看其他动物多少都有点毁誉参半，有喜欢这个动物的也有不喜欢的，可是我们一提到马，好像形容马的都是好词，说这马是骏马；再比方说人才，经常用马来形容——千里马；要说到马的特征，就会说好强、勇猛、刚健、英俊、洒脱、快速，等等，反正基本上都是褒义词。马是人类最早驯化的动物之一，跟人的关系特别近，我们经常说马通人性。过去古战场上马和军人之间的那种配合，是人马合一。一听评书，保准都是胯下马、掌中枪，就是说人马配合默契。

现在赛马更是讲究人马之间的配合。所以马不仅离人近，而且深得人类的信任。前不久中央电视台新闻频道报道了一个消息，当年唐太宗李世民总共有六匹非常喜爱的战马，一般马活二三十年就没了，唐太宗很想念这些马。皇后去世的时候葬在昭陵，他找人把这六匹马的像刻在了昭陵的一块大石头上，历史上叫“昭陵六骏”，是重要的文物。所以马跟帝王将相、跟普通老百姓都结合得非常紧。而且对我们现在的生活影响非常大，我们平常生活中的用语“汗马功劳”、“马到成功”，这事要快点办，“立马就办”等，都是与马有关的。

马首先是提升了人类的速度，我们

昭陵六骏是原置于昭陵唐太宗北麓祭坛两侧庑廊的六幅浮雕石刻。石刻中的“六骏”是李世民经常乘骑的六匹战马，它们既象征唐太宗所经历的最重要的六大战役，同时也是表彰他在唐王朝创建过程中立下的赫赫战功。六匹骏马的名称：一是飒露紫，二是拳毛騧，三是青骓，四是什伐赤，五是特勒骠，六是白蹄乌。

现在管大街叫“马路”，不能叫别的，叫“牛路”不行，它走得太慢了。比如测试车的发动机性能，有个数据叫“马力”，“路遥知马力，日久见人心”，把马力活用过来了。有好多的名词跟一些东西的使用方法都跟马有关。比方说铁路的铁轨之间有多宽呢？这是固定数据——1.435米。这距离哪儿来的？这就是过去赶车，两匹马并驾，这俩马屁股合在一起的宽度。还有我们日常用语，经常用到跟马有关的，比如你这人不好好干活，你怎么尽拉松套？这个“拉松套”就是从马身上得来的。赶马车的时候，两匹马往前跑，可是其中一匹马想偷奸耍滑，它怎么办呢？它往旁边跑偏，你就会发现另一匹马的套绷得溜直，而这匹马的套是松着的，那么整个马车的重量一多半都让那匹马给撑着。这个时候车老板抽一鞭子，这马又得往前奔，两个套又溜直了。这都是从马身上得来的词。

第一条铁轨是英国的工程师修建的，这个宽度是按照有轨电车轨道的宽度决定的。而电车轨道的宽度是德国人照着原来罗马战车在战场上留下的车辙的宽度来定的。古罗马人之所以选择这个宽度，是因为这个距离正好是两匹马的马屁股的宽度。

人类对马的驯化历史非常久。最早的时候，马和车是整套的交通工具。那么什么时候变成竞争工具了呢？那是从战国时期，赵武灵王胡服骑射开始的。这个赵国，就在现在河北北部一带，它正处在游牧文明跟农牧文明相交的地方，赵国比较早开始和少数民族一样直接骑马。其他地区马拉车，人站在战车上拿着长矛大戟。你看上古时期的兵刃一般都长，短了你够不着，短兵刃用不上。像锤、锏这些短兵刃，什么时候才开始用上？也是赵武灵王时期。他们穿着胡人的衣服，为什么呢？胡人的衣服短打扮，下边的大襟子也就到大腿上边，袖子也短，这样使兵刃方便。所以当时赵武灵王率先采用了这种方式，使赵国的军事战斗力极大提升，由原来坐到马车上改成直接骑马。这就需要人和马之间的结合，而这个结合对于汉民族来说不是问题。我们说在战场上“人马合一”，你看凡是有名的将军，骑的都是宝马，秦琼原来骑的是黄骠马，“秦琼卖马”那是一个经典的故事。张飞骑的万里烟云兽；楚霸王骑的乌骓马，《射雕英雄传》里边郭靖骑的汗血宝马，这都是宝马

汗血宝马，学名阿哈尔捷金马，原产于土库曼斯坦。汗血宝马的皮肤较薄，奔跑时，血液在血管中流动能被看到。另外，马的肩部和颈部汗腺发达，马出汗时往往先潮后湿。对于枣红色或栗色毛的马，出汗后局部颜色会显得更加鲜艳，给人以“流血”的错觉，因此称之为汗血马。土库曼斯坦视其为国宝，并将其形象绘制在国徽和货币上。

良驹。

这种马皮肤下边有种特殊的染色物，一渗透出来，那个汗就跟人身体里的血一样。其实不像血那么浓，就是有点暗红色，时间长了就把它附会成汗血宝马。汉代打到中亚大宛国，从那里弄来三千多匹汗血宝马，但因为水土不服，基本上在中国内陆没有繁衍开。这马不光是能耐大，有速度，还有一点就是对主人比较忠诚。当年周穆王下边有八匹宝马，被称为“穆王八骏”。里边有一匹马叫骅骝，据说西王母看上这匹马，要把这骅骝带走。周穆王在北，西王母在南，她把这骅骝带回到自己家，喂它上好的草料，这马不吃，每天扭着头向着北方，向着故土的方向哀鸣不已。西王母一看，这样下去这马要死，于是就给送回去了，回来之后这马又喝水又吃草，马上活蹦乱跳的。这就说明这匹马忠心，忠臣不事二主，好马也不会侍奉第二个主人。听过《岳飞传》的人知道，王佐断臂收陆文龙，就给陆文龙讲，你爹当年死在金兀术手里，你怎么能当他的育儿干殿下呢？为了讲这个，王佐用“骅骝

时值宋初，北宋大将杨延昭因窥探辽国的天门阵而中毒，需以辽国萧太后的头发作为药引来配药。其麾下的武将孟良为救杨延昭自愿前往辽国盗发。孟良盗发成功后，还顺手盗走了当时萧太后手下养的骅骝良驹。可这骅骝马到了宋境后不住地向北长嘶，带回东京后对粗细草料都不吃，连水也不喝，七天七夜后终于饥渴而死。

向北”作铺垫，比喻忠诚两个字，不能背叛自己原来的故土和主人。“骅骝向北”是关于马的忠诚的经典故事。

跟马有关的更多的是好词，比如年轻女孩都梦想着能有个白马王子，最典型的就是白龙马。《西游记》里边，白龙马是西海龙王的三太子，因为犯了天条被玉帝惩罚。这就奇怪了，怎么都是三太子呢？你看东海龙王三太子被哪吒给抽筋了，这西海龙王三太子被惩罚了。其实这是根据中国民间养儿子的定律来的，中国有句老话叫“天底下没有好老三”，为什么呢？人多的时候，先哥哥姐姐，然后轮到老三，一般家里活儿都让哥哥姐姐干了，到老三娇生惯养，有时候有点脾气，有点毛病，所以这三太子容易出事。这个西海龙王三太子被玉帝贬到一个地方，等着唐僧西天取经来这里收他，没想到这三太子一着急，把唐僧骑的马给吃了。这下好了，玉帝和观音菩萨都说，你就变成马，驮着唐僧西天取经吧。后来功德圆满之后，把它封为“八部天龙广力菩萨”，白龙马得成正果。所以在中国，基本上和马有关的

金兀术与岳飞在朱仙镇摆开决战场。金兀术有一义子，名叫陆文龙，这年十六岁，英勇过人。陆文龙本是宋朝潞安州节度使陆登的儿子，金兀术攻陷潞安州，陆登夫妻双双殉国。金兀术将还是婴儿的陆文龙和奶娘掳至金营，收为义子。陆文龙对自己的身世完全不知。一日，岳飞正在思考破敌之策，忽见部将王佐进帐。岳飞看见王佐脸色蜡黄，右臂已被斩断，原来王佐打算只身到金营，策动陆文龙反金。

（接上页）为了让金兀术不猜疑，才采取断臂之计，对金兀术谎称为岳飞所伤，因此投诚。

到金营后，金兀术把他留在营中。王佐趁机接近陆文龙，向陆文龙讲述了他的身世。文龙知道了自己的身世后，决心为父母报仇，诛杀金贼，随王佐投奔宋营。王佐断臂，终于使猛将陆文龙回到宋朝，立下了不少战功。

词大多数是持肯定态度的。尤其有一点特别明显，马在中国经常被用来比喻人才。

千里马作为人才的代名词，应该从春秋战国就开始了。那个时候讲相马，千里马得有伯乐发现。这个伯乐是谁？伯乐是秦国人，他知道什么是千里马。相马自古以来有相马经。马脑袋就分好几种，有直首、曲首、兔首。你看《三国演义》里关公骑的赤兔马，不是说跟兔子一样跑那么快的马，赤就是指这个马的颜色是红的，兔是指这马脑袋跟兔子脑袋一样。当然相马有很多规矩，高水平相马的人一看这马，就知道它到底脚力什么样，是不是日行一千，夜行八百。

文艺作品当中夸马的地方也特别多，你看歌曲中有蒋大为的《骏马奔驰保边疆》、降央卓玛的《马儿你慢些走》。人类往往通过歌颂马，来歌颂人类的劳动精神。这是唱歌，再看画画。有名的，我们知道有徐悲鸿画马，徐悲鸿画马有个特点，重点在马腿和马蹄子上。徐悲鸿说马蹄子最难画，比女人的高跟鞋难画，为什么呢？它是个重力结合点，也是主要的发力器官，要把马蹄子画好了，才能叫画马成功。而且徐悲鸿画马还有个特点，一般画画不是用软笔吗？徐悲鸿用硬笔。为什么？他想马鬃、马毛线条要硬朗，毛笔太软，风骨起不来，只有用硬笔银钩铁画，才能让马鬃都立起来，看着这马鬃都漂亮。

其实马身上也不全是好词，也有些很特殊的，比如平常说“你这个人是个马屁精”，好拍马屁。怎么不说“拍牛屁”、“拍驴屁”呢？这个其实跟古代交通有关，因为那个时候出门是八百里加急快马，好多马是累死的。为什么说马这个动物可敬呢？有不少人研究，说这马死了以后才发现，马的肺部由于快速的奔跑，有时候大量出血。那么马靠什么经得起这种大消耗的运动呢？马膘。这马得胖，得身上有力气，那么马膘体现哪儿呢？体现在马屁股上，比方说两人一见面，“哎哟，您这马可好，这是日行一千，夜行八百的好马啊！”然后在马屁股上拍两下，这膘

徐悲鸿（1895~1953年），汉族，原名徐寿康，江苏宜兴市屺亭镇人。中国现代画家、美术教育家。曾留学法国学西画，归国后长期从事美术教育。擅长人物、走兽、花鸟，主张现实主义，强调国画改革融入西画技法，作画主张光线、造型，讲求对象的解剖结构、骨骼的准确把握，并强调作品的思想内涵，尤以奔马享名于世。

厚啊，这是好马。拍马屁一开始是衡量马的体格的方法，后来两人一见面，为了讨好对方，也到马屁股上拍两下："哎呀，好膘。"其实马瘦得都快塌架了。所以把不实事求是，盲目地称赞对方叫"拍马屁"。

关于"马虎"一词的由来还有一种说法。唐朝之前，人们把家家都有的盛放便水污物的"马桶"叫作"虎子"或者"虎桶"，唐太祖名李虎，为了避太祖"李虎"的"虎"字讳，一律改"虎"为"马"。后人指代"马马虎虎"，取其草率通兑、大略替代、随意搪塞之意。

刚才说马上战场认真，不累死不拉倒，可是当我们形容一个人做事粗心，不认真时也有句话：你这也太马虎了。怎么还拿马比喻粗心呢？这是有典故的。宋朝的时候有个画家，擅长画马，也会画虎。有一天在家，人家找他，说你给我画个老虎吧，他就先画了个虎脑袋。又有人进来，说先生，你给我画个马吧，他稀里糊涂就把老虎脑袋安到马身子上了，画完了，人家两家都不要啊。他说你不要我留着，挂在自家屋里了。他有两个儿子，也就五六岁，过来问，爸爸这是什么？他跟他大儿子说这个是马，他跟小儿子说这个是老虎，结果后来出事了，怎么回事？有一次他二儿子出去打猎，人家骑马过来，他以为这马是虎，一箭把人家的马射死了，赔了500两金子。他大儿子到郊外玩儿，看着老虎以为这是马，翻身非要骑，让老虎给咬死了。这个画家得到教训，说这马虎图害了我。后人就管粗心大意叫“马马虎虎”。当然这个跟马没什么关系。更冤的是全国流行的一个词，“马大哈”，也是指办事不认真，稀里糊涂经常出错，人家管这样的人叫“马大哈”。其实这个跟马本身没有任何关系，而且这个词不是古代典故，20世纪50年代以后才有。喜欢听相声的人知道，1957年有个著名的相声作者叫何迟，他写了个作品叫《买猴》，后来让马三立说出名了。马三立说，单位有个同志姓马，人家管他叫“马大哈”。领导给他布置任务，说到东北角（天津地名）买猴牌的肥皂50箱。这马大哈拿过来没细看，直接就给抄成了到东北买猴50。字数能省则省，他也不管别的。结果其他领导官僚主义作风严重，都给批下来了。结果这位到东北真给买了50只猴回来，后来50只猴子大闹百货公司。相声一说，“马大哈”出名了，成了办事不认真的代名词。

十二生肖之未羊传说

羊在十二生肖里很特别。为什么呢？我们生活当中经常说，这个人属猪，属猪的人有福；说属龙，属龙的人将来厉害。可是一说到属羊，一些中老年朋友心里觉得不是很愉快。因为民间有说法，属羊人命不好，“十羊九不全”。

那这个“十羊九不全”，是迷信的说法，还是确实有道理呢？听我往下慢慢说。羊在中国古代，它的主要功能我们都知道，就是养了，然后宰了吃肉。其实羊还有一个重大功能，就是祭天地、祭祖先时候，要有牛肉和羊肉，最开始猪是上不了台的。所以羊给我们一个感觉，就是待宰的羔羊这个意思。

古代往往把羊当作一种弱小、受欺压的对象。而且在弱小的、受欺压的动物里边，它还不如牛地位高。不仅是在东方，在西方也是如此。我们说“替罪羊”，这事你替人家顶了，你是替罪羊。“替罪羊”这个词从哪儿来呢？不是中国出的，是西方的产物，是从犹太教里产生的。

用羊替罪来自古犹太教。古代犹太人把每年的7月10日(即犹太新年过后第十天)定为“赎罪日”，并在这一天举行赎罪祭。仪式是这样的：通过拈阄决定两只公羊的命运，一只杀了做祭典，另一只由大祭司将双手按在羊头上宣称，犹太民族在一年中所犯下的罪过，已经转嫁到这头羊身上了。接着，便把这头替罪羊放逐到旷野上去，即将人的罪过带入无人之境。最后，再把那赎罪的羊烧死。“替罪羊”一说由此传开。

犹太教规定，一年到年底，人得到神父牧师那儿去忏悔，那么忏悔什么呢？我有罪呀，我犯了很多罪过。那么说你犯了罪过该受惩罚，怎么惩罚呢？这时候替罪羊就产生了。由大祭司弄来一只山羊，把这个山羊两只脚按住，按到祭坛上，旁边有人忏悔，表示这个人的罪过，都转移到这羊身上了。然后把这羊抬起来，送到没有人的环境，让它转一圈。回来把这羊杀了，用羊血祭奠。意思是什么呢？人的罪过都转到羊身上了，羊在无人的地方转一圈，这罪过就散了，为天地所接纳，为神明所饶恕。所以“替罪羊”是从犹太教里传过来的。说到这儿你可能觉得，这羊确实是弱小的。还有的时候，羊还不怎么受人待见。有人说这个不对，羊有好词啊，你看有三羊开泰。

说实话，现在写的“三羊开泰”不对，这个“三羊开泰”的“羊”是阴阳的“阳”，不是这个“羊”。说为什么转化成“羊”了呢？三阳开泰是太阳的“阳”，但上哪儿弄仨太阳当吉祥物去？所以弄了三只羊往这儿一摆，这是个吉祥

拿“三羊”来代替“三阳”，除了“羊”与“阳”两字谐音而外，也还寓有更隐蔽的深层的文化含义。

其一，汉朝的许慎《说文》中说：“羊，祥也。”古文中，“羊”字与“祥”字是相通的。吉祥的礼俗中常用羊做牲，就是因为羊能传达吉祥、福祉之故。其二，《说文》又说：“美，甘也。从羊、大……美与善同意。”羊之大者则美；美又与善同一意。古人把羊作为美好的象征，一切美好的事物，都用羊来形容。

《周易》分两部分，一为“经”，只有六十四卦的卦象、卦辞和爻辞；二为“传”，原意是为易经做注释的，称为“十翼”，为孔子及其后学的合作结果。可以说，《易经》是伏羲氏、周文王及孔夫子三位古代的圣人合作的结果。《周易》以高度抽象的六十四卦的形式，表征普遍存在的双边关系中，可能发生的各种各样的变化，并附以卦爻辞做简要说明 。

物。那什么叫三羊开泰呢？就是说事情有一个好头。从哪儿来的呢？这个开泰的泰不是泰山，这个泰是什么？是《周易》八八六十四卦里边的一卦，泰卦，我们经常说否极泰来，就是说不好的事结束了，到了顶点了，好事该来了，这个泰是好事。

三阳开泰什么意思？是说泰卦。在《周易》里边，这个卦是什么呢？就是那几个横杠组成的，横杠中间断了，这叫阴爻，连着的，这叫阳爻，泰卦一开始，总共六爻，连着的三个都是阳爻，这叫三阳开泰。比喻事情有个美好的开始，象征着吉祥、福利临门。所以三阳开泰的“阳”不是山羊的“羊”，而是阴阳的“阳”。

说到这儿，有人就说，你开始不就说了吗，“十羊九不全”，怎么回事啊？说实在的，“十羊九不全”是一种迷信说法。而且这不是从上古时期留传下来的，是从清朝末年以后，民间才开始有了这个传说。要把这个事说清楚，得从慈禧太后说起。

为什么说慈禧太后呢？慈禧太后就属

羊，凡是帝王一级的，都有点忌讳。比如武则天，武则天怕什么？武则天就怕猫。因为什么？武则天属鼠。她曾经把自己儿子的王妃肖良娣给抓了起来，很残忍地对待人家。最后肖良娣临死前咬碎银牙说，阿武世世为鼠，我愿得来世托生，辈辈为猫，我辈辈吃你来报仇。所以武则天从那以后，见了猫就害怕。在宫里不能有猫，见了猫，能杀就杀。

慈禧太后忌讳什么呢？忌讳属虎的。那慈禧太后为什么忌讳属虎的人呢？她是属羊的，我们经常说羊入虎口，虎跟羊相克。老虎吃羊不跟玩儿似的？所以慈禧太后在后宫里边查宫女，凡是属羊的留下，凡是属虎的赶走。身边太监里边，谁要是说他属虎，那都不待见。据说李莲英就属虎，他为了取悦慈禧太后，说奴才不是属虎的，我属兔的，隐瞒一岁，来取悦慈禧太后。

在后宫里边，属虎的不能存在，对属羊还善待。那御膳房里，得有羊肉啊，羊肉不能叫羊肉，慈禧太后给羊肉起名，叫福肉寿肉。当时有的朝臣立了功回来了，

京剧《洪羊洞》取材于古典小说《杨家将演义》，又名《孟良盗骨》《三星归位》。剧情是，北宋，杨继业碰碑后，遗骸被藏于洪羊洞中。杨继业托梦杨延昭，嘱其取回。杨延昭乃命孟良往取。焦赞耻不被命，乃瞒过杨延昭，暗随孟良。孟良至洪羊洞，正欲取骨，觉后有人声，黑暗中不辨人影，疑是番将，急以大斧砍之，焦赞竟死。

慈禧太后封赏的时候问一句，你属什么的？奴才是属虎的，属虎的不行，回去，也不赏赐了。

属虎的本来就有罪过，立点功应该的。将功折罪，回去吧，就这样。最滑稽的是，我们都知道慈禧太后喜欢京戏，无谭不欢，没有谭鑫培她就不高兴，而且慈禧太后听戏很内行。但是由于她的忌讳，跟羊有关的戏曲，要是主人公命运不好就不能唱。比方说《苏武牧羊》，把苏武弄到北海边去了，十八年，这个戏不好，带羊字，这出戏不能唱。再比如说《洪羊洞》，《洪羊洞》讲的是孟良、焦赞，俩人在黑乎乎的洞里碰上，不知道怎么回事，你一斧子，他一斧子，孟良把焦赞给杀死了，这也是悲剧。《洪羊洞》里面没羊，这山洞的名叫洪羊洞，你说跟羊有什么关系？那也不行。所以《苏武牧羊》《洪羊洞》这样的传统戏，在慈禧太后那儿演不了。而且最滑稽的是，大家都知道《玉堂春》——“苏三离了洪洞县”就是这出戏里的词。这跟羊一毛钱关系也没有啊。也不行。因为苏三起解以后，大人断

（接上页）孟良忽疑被砍者哀声不类番将，急将尸身抬出，于月光中细察之，则焦赞也。孟良念结义之情，悲痛引咎，誓不独生，乃以杨继业遗骨付于老军，命其交付杨元帅，孟良即自刎。杨延昭闻耗，惊悼成疾，病势益重，与八贤王及母、妻诀别后，吐血而死。

案，就要把她接走，苏三有句唱词："我好比羊入虎口，一去不还。"

这句慈禧太后一听，什么玩意儿，不行，不行，不能唱这个，逼着戏班子的人给改词。改成什么？改成"我好比入网的鱼儿一去不回"。这句唱词在慈禧太后之前那些年，都唱的是"羊入虎口一去不还"，从慈禧太后到现在，都唱成"入网的鱼儿一去不回"，慈禧太后就忌讳到这程度。

那这"十羊九不全"，跟她有什么关系呢？慈禧太后不是属羊嘛，咱们一翻课本，"量中华之物力，结与国之欢心"，慈禧太后没干多少好事。可是慈禧太后稳稳当当一辈子享尽荣华富贵，垂帘听政多少年，又有权又有势又有钱，可以说是齐天之福，她都享受了。这么一个给中国历史没留下太好影响的人，居然得享荣华富贵，所以有人说慈禧太后命太好了，运气太好了。她属羊，并不是属羊的人好运气，是别人的好运气，她一个人都给占了，所以自她之后，属羊的人命就不好了。所以说"十羊九不全"，是来自于慈

明朝，名妓苏三（玉堂春）与吏部尚书之子王金龙结识，誓偕白首。王金龙钱财用尽被逐，潦倒关王庙。苏三得悉，赴庙赠金，使王得回南京。后鸨儿将苏三卖给山西富商沈燕林为妾。沈妻皮氏与赵监生私通，毒死沈，反诬告苏三。县官受贿，将苏三问成死罪，解至太原三堂会审，主审官恰为巡按王金龙，遂使冤案平反，王、苏团圆。

禧太后。

为什么有人说“十羊九不全”呢？那是出于各种各样的目的。你琢磨琢磨，十二生肖是十二年，羊占其中一份，要是12个人里边有一个属羊的，这人的命就肯定不好，那你说他得冤成什么样？中国有13亿人呢，属羊的人多少？平均分配，至少有1亿人属羊，这1亿人命都不好？这上哪儿说理去？不可能。所以说大家千万不可相信什么“十羊九不全”这种胡说。

天汉元年（公元前100年）汉武帝派苏武出使匈奴，苏武到达后遭扣留。匈奴贵族多次威逼利诱，欲使其投降，苏武不屈，匈奴将他迁到北海（今贝加尔湖）边牧羊，扬言要公羊生子方可释放他回国。苏武牧羊十九年不降匈奴。始元六年（公元前81年），终获释回汉。

跟“十羊九不全”相反的是，羊好养活，你看内蒙古的牧民，养羊的最多，羊的生命力最旺盛。克隆动物，第一个克隆的动物是什么？克隆了一只多莉羊。为什么克隆羊？因为如果克隆别的动物，保不齐克隆下来先死了呢？羊的生命力强，它的细胞里边构架比其他动物合理，极容易繁殖生长。所以说克隆第一个动物是羊，这是有道理的。那年宋丹丹小品不是说，“克隆绵羊，没爹没娘”，就是说羊的生命力旺盛。正是由于羊生命力旺盛，内蒙牧畜养羊的多。但是养羊有一个弊端，羊对自然环境的破坏力非常大。这些年北京有时候有沙尘暴，什么原因？跟羊还真有关系。沙尘暴是什么带来的？西北地区的土壤沙化、水土流失。水土流失什么概念？树啊，草啊都没了，没有根系能够固定住土壤，一有风刮起来，吹到北京，就是沙尘暴。这草和树没了，跟养羊有关系。山羊很厉害，它吃草，不是像马、牛把表面上的吃没了就完了，它能够把石头缝里的草都给你抠出来吃了，能够把整个土里的根拔出来，把草根都吃了。我们常说斩草除根，你看羊软绵绵的、胆小似的，斩草除根就是羊干的事。所以养羊的地方，如果羊太多，占的地方太广的话，时间长了，这个地方的绿色植物，尤其是草的根系就会遭到很大破坏。最好的羊毛衫是什么的？羊绒嘛，外国人说中国有世界上最好的羊绒。听起来都是好话，但羊养多了，自然环境遭到破坏，是很不好的事。可是问题在于，现在好多牧区比较贫困，羊又好养活，容易快速生长，能快速脱贫，所以这个时候，养羊几乎成了牧民的唯一选择。

那么怎么平衡这件事？现在政府下

国产原创系列动画片《喜羊羊与灰太狼》以羊和狼两大族群间的争斗为主线，剧情轻松诙谐，深受各年龄段观众的喜爱。

了很大力气，又退耕还林、退耕还草，又给牧区补贴，我认为这是一种思路。有的人说羊把草都吃了，内蒙的牧民不能再养羊，这个是不对的。人家要生存啊，你凭什么说你那里环境受到威胁了，你就埋怨，让人家在那儿受苦受冻，给你提供好的环境呢？所以从这一点来讲，补贴内蒙地区的牧民，这是发达地区人应尽的义务。这个在国际上叫下游补贴上游。上游给你保持水土，不让水土流失，下游得了好处，那下游经济发达，要回报上游。上游不砍树活不下去了怎么办？下游补贴给上游的老百姓。所以从羊这个问题上看，世界范围内有不少环保方面的专家，对草原地区怎么治理，怎么处理生态平衡跟畜牧业发展的关系，已经有定论了。

给大家说了这么多和羊有关的，其实我们会发现，羊在十二生肖里，和狗、虎、牛比，它的表现力要差一些。但是羊身上有艺术的感觉。这几年中国最火的动画片是什么？小朋友张嘴就能说出来，《喜羊羊和灰太狼》。它就是用羊和狼的关系制作出来的。狼和羊永远是对立的，狼是强大的，羊是弱小的；狼是阴险狡诈的，羊是软弱胆小的。这种对立，恰恰是制造动画冲突效果的一个根源。这个片子为什么会受到这么多人的欢迎？小朋友喜欢的不得了，你看现在小朋友穿的衣服，这儿绣个灰太狼，那儿绣个喜羊羊，这儿戴个美羊羊帽子，很有意思。为什么呢？

狼和羊的关系是辩证的。里边灰太狼虽然说挺狠，总吃羊，可是你发现了吗？灰太狼总倒霉。经常就被人给弄的飞天上，嘴里喊我一定会回来的。这就是说恶有恶报。但是灰太狼他有个优点，他对媳妇儿红太狼百依百顺，那红太狼拿平底锅拍他一下子，把他打得七荤八素的，但是他对自己的老婆还是特别好。所以现在网上有人说，嫁人要嫁灰太狼，灰太狼对媳妇儿好。那么反过来我们看，羊是弱小的，值得保护的。可是这也告诉我们，你弱小，谁来保护你？最好的方法是自己武装自己，像喜羊羊似的，既聪明又勤奋。所以网上说，做人要做喜羊羊，就是这个意思。

羊是弱小的，但你不能说我是弱小

的，我就放弃了，也必须要提升自己的素质，喜羊羊就是个典型。而且中国有句话，叫“可怜之人必有可恨之处”。你说这个羊让狼吃了，它可怜吧？它真有可恨的地方，这里面也把羊身上的一些弱点暴露出来了。比方说美羊羊，割个双眼皮啊，整个化妆品啊，结果就上了灰太狼的当了，她被逮着的次数很多。喜羊羊还得救她。她爱美嘛，爱慕虚荣。

再看懒羊羊，不愿意动弹。但是不愿意动弹的人，你可以开发你自己的脑筋。虽然这人懒，但是只要他脑筋勤快，这个人就是可以造就的人。其他像沸羊羊、暖羊羊，各有各的个性。而个性里边，都存在一定的劣根性。就是说弱势群体“可怜之人必有可恨之处”，这是有一定道理的。

作为弱势群体，你要克服了自己的一些弱点，开动自己的脑筋，你也能一步一步走向强势群体。你看羊这个团队，最终战胜了狼的团队，灰太狼即使把自己的二叔，什么灰灰、二太狼整来，最后都没打败羊这个团队。所以这里面包含着以弱胜强、阴阳平衡的中华文化，还有民族文化的一些核心思想。

羊和狼的关系，在我们生活当中经常有一些隐喻。比方说这个人表面上好像挺软弱，其实是笑面虎，我们经常说，这是一匹披着羊皮的狼。你看有一首歌，叫《披着羊皮的狼》，反映了在恋爱当中强弱是互相转化的。

十二生肖之金猴闹春

说起猴来，大家都说这猴能耐可大啊。为什么？美猴王的故事，在中国家喻户晓。你看电视剧《西游记》里，把孙悟空猴的形象给树立得光芒万丈，这个影响大到什么程度呢？2008年奥运会之前，我们商量奥运会的吉祥物摆什么？大家出什么主意的都有，说熊猫，熊猫1990年亚运会用过了，接着就有人提孙猴儿，可是后来为什么没有用孙悟空做吉祥物呢？是因为孙悟空仅在中国，或者说东亚有认知度，人家老外对孙悟空不大熟悉，所以最后就换成了五个福娃。

福娃是北京2008年第29届奥运会吉祥物，由吴冠英、韩美林等人设计。其色彩与灵感来源于奥林匹克五环，来源于中国辽阔的山川大地、江河湖海和人们喜爱的动物形象。福娃向世界各地的人们传递友谊、和平、积极进取的精神及人与自然和谐相处的美好愿望。

他们的造型分别融入了鱼、大熊猫、奥林匹克圣火、藏羚羊及沙燕风筝的形象。名字分别为“贝贝”、“晶晶”、“欢欢”、“迎迎”和“妮妮”。连在一起是“北京欢迎您”。

当然也有人说这五个福娃有意思，说明中国计划生育没有搞好，一下就出五个吉祥物来。猴有个突出特征，猴屁股是红的。你看赵本山小品里不说吗，上面有个猴，为什么司机“嘎”一下就刹车了？这是爱护动物？不对，他把猴屁股当红灯了。为什么猴屁股是红的呢？这猴子进化过程当中，是从树上下来，然后开始直立行走的。也有一部分猴子，从树上下来来回溜达，有时候就坐到树杈上，坐的时间长了猴屁股上的毛就给磨下去了。磨下去之后，猴屁股有毛细血管，血管里有血，那就是红的。尤其是公猴，那块头大，血脉非常旺，把毛磨没了之后，看它那个屁股就是红的。所以猴屁股是红的主要是生理原因。

猴行动迅速，反应灵活，还有很重要的一点是比较聪明。你看平常说别人，你这小子粘上毛比猴都精。就说猴比较聪明。这个确实是，因为灵长类动物跟人比较接近，肯定是比其他动物要聪明一些。有的人说狗聪明、马聪明，可它们都没有猴聪明。

在中国人心目当中，猴是一个吉祥物。怎么是吉祥物呢？“猴”“侯”同音，那个侯是什么意思呢？过去官爵有五等，叫“公、侯、伯、子、男”，后来，有变成三等、两等的时候，侯始终在。“王侯将相宁有种乎？”侯属于高等爵位当中的一个。所以，一说猴大家感觉很吉利。过去那种吉祥画里面，经常有这样的，一只老猴后背上蹲个小猴，这个最吉利。这叫什么？这叫“辈辈封侯”。一个猴子跳起来到树上，挂着一个鹰，这个更好，为什么？这叫“挂印封侯”。猴骑在马上更吉利，叫“马上封侯”，立马就当官。不少中国人想当官。有人说，哎呀，这官不好当啊。这官是不好当，可是谁不想当官啊，这总之是个好事。“猴”“侯”同音，中国人把它视为一个很吉祥的象征。这一点在舞台上有时候也能看到，过去有一些传统戏曲在演之前，下边不是达官贵人来看嘛，上来给大家叩拜，表示我们开戏大吉，演员往往是扮成猴的样子，拿着蟠桃到下面转悠，哪个人摸一下蟠桃就表示你要封侯了，要加官晋

唐代杜佑《通典·职官·封爵》记载，自尧帝、舜帝及夏朝，置五等爵：公、侯、伯、子、男。商朝置爵三等：公、侯、伯。周代，分为公、侯、伯、子、男五等爵，均世袭罔替，封地均称国，在封国内行使统治权。

爵，要发财了。像《孙悟空三打白骨精》这类有代表性的猴戏，在中国各地传统戏曲当中，都有很重要的地位。中国主要的戏种里都有猴戏，而且猴戏难度大，演美猴王这个人，他得有武活。

建国之后，《孙悟空三打白骨精》也被中国京剧院率先改编成京剧，在舞台上大演特演了一阵。而且那时候围绕着《孙悟空三打白骨精》还引起过争论，什么争论呢？好多人恨唐僧，说那白骨精是假的，是骗你的，你还信。孙悟空把这些妖精都打死了，你又念紧箍咒又赶孙悟空的，结果孙悟空回花果山了，你遭了难了，这活该。当时有个大腕叫郭沫若，这个人很有意思，看了《孙悟空三打白骨精》这出京剧，写了一首诗骂唐僧。怎么写的呢？“人妖颠倒是非淆，对敌慈悲对友刁。咒念金箍闻万遍，精逃白骨累三遭。千刀当剐唐僧肉，一拔何亏大圣毛。教育及时堪赞赏，猪犹智慧胜愚曹。”这是什么意思呢？就是说唐僧不识真假人，念紧箍咒又撵孙悟空，孙悟空亏不了啥，人家还是感天动地的英雄，唐僧我们看了

恨你，恨不得把你剐了。那猪八戒经过教育，人家都及时悔悟了，也比你唐僧愚昧不化强。这个诗写出来登在报纸上，让毛主席看到了，毛主席看到以后就说，这不对啊。为什么不对？唐僧固然可恨，但他属于人民内部矛盾，他是可以教育好的，毕竟是我们这个阶级战线上的。而白骨精是敌我矛盾，那是阶级矛盾，必须要打倒白骨精，但不能用这种态度对待自己的同志。不能说“咒念金箍闻万遍，精逃白骨累三遭”，你又来个“千刀当剐唐僧肉”，这有点过了。所以毛主席当时也写了一首诗，这首诗的名气可就大了，一些中老年朋友一定还记得，“一从大地起风雷，便有精生白骨堆。僧是愚氓犹可训，妖为鬼蜮必成灾。金猴奋起千钧棒，玉宇澄清万里埃。今日欢呼孙大圣，只缘妖雾又重来”。那时候不是讲阶级斗争吗？主席也是借戏讽今，同时批评一下郭沫若。其实实事求是地说，以郭沫若那种智商，能不知道人民内部矛盾和敌我矛盾吗？我极怀疑是他有意识地写了一首错误的诗，然后让主席来改正，由此凸显主席高瞻远嘱。从这一点来说，郭沫若是深得奉承三昧。人家说鲁迅是文人里骨头最硬的，也有人说郭沫若是文人里骨头最软的。从这首诗当中，我们不难见仁见智，看出个淋漓尽致。

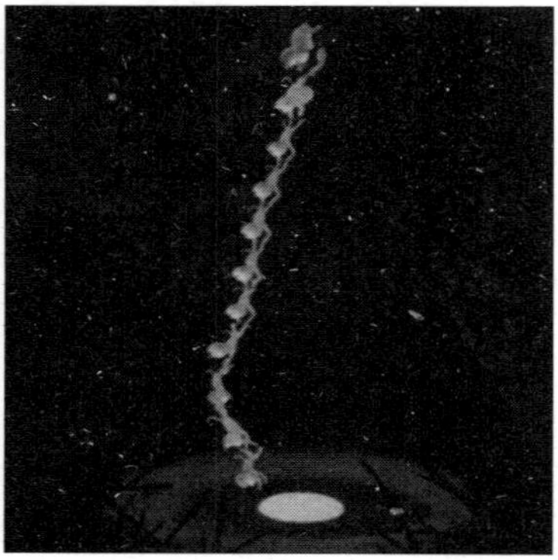

关于猴子的形象，美猴王是一方面，你看《大闹天宫》的动画片里边，美猴王千变万化。那猴子除了威风、勇猛的一面，还有可爱的一面。我们有很多关于猴子的动画片，我印象非常深的有个叫《猴子捞月》，一群猴子在山上，蹦蹦跶跶的。突然看到水里有个月亮，那得捞啊。够不着怎么办？从山隘上一个猴搂着一个猴的腰到水里去捞。这手一伸到水里，月亮不就碎了吗？这捞不上来。然后到了岸上，拿着小碗、拿着葫芦瓢舀水，结果一个碗里一个月亮，这回可好了，这些猴皆大欢喜，后来这些水洒了，又什么也看不到了。天亮了什么也没了，这猴子挺懊恼。

还有一个动画片叫《过猴山》，一个老头过猴山的时候，猴子跟他闹着玩，抓他帽子什么的，很可爱。

十二生肖的这个猴子，对于集邮爱好者来说，是一个特别的偏爱，到现在为止，我们国家发行的以十二生肖为主题的邮票当中，猴票最值钱。比方说1980年是猴年，这一年发行的猴票，当初票面价值一张8分钱，现在能卖多少钱？2012年5月中旬的时候，中国集邮市场报价，一张1980版的猴票能卖11300块钱。这跟当年8分钱比大家算算涨了多少倍？这猴票是怎么来的呢？很有意思，在1979年的时候，我们国家有一个邮票行业的专家到香港、东南亚各个地方去看，看看人家那边邮票发行都有什么新点子。看到那边华人地区发行十二生肖的，觉得这个主意不错，后来就建议咱们是不是也搞这个十二生肖。当时这个主意就被采纳了。上市负责人考虑一件事，说是咱们发行这十二生肖，1980年是猴年，就发行一张跟猴有关的邮票。什么样的猴呢？摄影作品吗？这个没意思，中国的国画厉害啊，那么就找人画这个猴。找谁画呢？想来想去，想到中国一流的大画家黄永玉。当时他听到的第一反应，我不接。为什么不接？这老头

黄永玉，笔名黄杏槟、黄牛、牛夫子。祖籍为湖南省的凤凰县城。现为中央美术学院教授，曾任版画系主任,受过小学和不完整初级中学教育。因家境贫苦，12岁就外出谋生，流落到安徽、福建山区小瓷作坊做童工，后来辗转到上海、台湾和香港。14岁开始发表作品，以后一段时间主攻版画，其独具风格的版画作品饮誉国内外。

愿意养宠物，养了一个猴。可是这个猴前两天刚死，所以黄永玉心情非常悲伤。宠物死了很难受，这个时候你让我再画猴，我心里头不舒坦。后来经过朋友再三的劝说，黄永玉一想，我要能把记忆当中那个宠物猴的形象画出来，让这邮票走进千家万户，那也是对我这个宠物最好的纪念。在这种心思指引下，就找出了过去自己给猴子拍的照片，然后开始画。所以今天我们看到猴票上那个既活泼灵动又憨态可掬的猴子，就是根据黄永玉的宠物来的。当时猴票印了有几百万张，放到各个邮局里头，本来以为好多人都得来买，这销售不成问题，可没有想到，1980年春节前前后后，在买邮票的旺季，却很少有人到邮局来买。更没想到的是，从1984年开始，这猴票一下子价就涨了，原来一张8分钱，一下涨到3块钱了，到1986年年底，涨到30块钱，到1990年前后，这张猴票价值已经飞到240块、300块了。所以1991年，中国邮票行情迎来了一轮大的邮市，在那个时候，猴票的价格更是翻跟头往上涨，创造了不少集邮爱好者一夜暴富的神话。前两天新闻报道，有一个姓秦的邮局职工，领导给他摊派卖猴票的任务，你得卖出多少来，他卖出了几版，剩下的一时卖不出去，完不成任务怎么办？完不成任务，年终奖什么的就泡汤了。一咬牙，他自己买，他自己掏钱买了15版的猴票。一版6块4，15版96块钱。一晃搁了十几年不得了了，这猴票翻跟头往上涨。2000年以后，他分别用20万一版和30万一版卖出去两版，这个钱给两个儿子解决了两套两室一厅的住房。后来陆续卖了五版，现在手里还剩下十版。这十版现在值多少钱呢？现在基本上一整版能卖到100万。也就是说他这个十整版的猴票至少能卖到1000万以上。

猴不光是存在于艺术作品里，而且形象也不只是孙悟空一种，其实老百姓对猴很了解。你别看它住在山林里，人们说“山中无老虎，猴子称大王”，其实猴经常走入寻常百姓家。民间专门有个职业是耍猴的。耍猴、驯猴有讲究，你想把猴驯好了很难，为什么呢？因为笨的东西你驯起来反而容易。比方说那狗熊，给它一块土肥原贤二，日本陆军大将，主持情报工作，是继青木宣纯和坂西利八郎之后，在中国从事间谍活动的日本第三代特务头子，建立“满洲国”和策划“华北自治”的幕后人物。1945年战败后接受审判，1948年被远东国际军事法庭判定为甲级战犯，经抽签第一个被处以绞刑。

糖，它又给你投篮又给你骑自行车的。猴它精，它很难上当。不过，驯猴虽然难，比起抓猴来，倒还算容易的，想把猴抓住是非常困难的一件事，猴子确实精得吓人。

这个猴不光是你抓它费劲，关键这猴本身什么都懂，你看动物园里边，你这儿喝汽水拧盖儿喝，你把这给猴子，它也会拧盖儿，它甚至会利用一些工具。关于猴的这种精明，流传着不少有意思的故事，我给大家讲一个。据说当年“九·一八”事变之后，日本人侵略中国，当时有个大特务头子，一肚子坏水，也是甲级战犯，叫土肥原贤二，在沈阳待过，北京也待过。土肥原贤二那个时候打着中日亲善的旗号，要建立伪满洲国。那边跟国民党政府勾搭时，他就提出来，我要到你们南方旅游去，于是土肥原贤二就到了峨眉山。到了峨眉山后当地的官员溜须，土肥原贤二提出你们峨眉山上的猴有意思，到山上看看猴去。上山之后，这个土肥原贤二心眼儿很坏，他逗着猴玩，喂猴子吃花生，再抓出一把栗子一撒，猴也吃了。第二天这土肥原贤二上山带了一把辣椒，一撒。这猴不知道是什么，头天吃得挺好，以为这是日本食品呐，拿起来也吃。哎哟，把猴给辣的。结果这些猴喊了，两个猴攥着手，然后对着土肥原贤比划。这是干嘛？鼓掌欢迎我吗？做完这手势，这猴子从地上捡起石子、砖头噌噌就扔过来了，打得土肥原贤二猝不及防，脑袋起两个包，腮帮子都打出血来了，狼狈逃窜回去了。土肥原贤二记仇，恨不得把这猴子都杀了。旁边有给出坏主意的狗腿子，说长官我给你出个招儿，这个猴好学人，你还去那儿。那些猴在树上看你，我给你个擀面杖你拿着。干嘛用的？你拿这个擀面杖对着自己的前额来一下子，得使点劲儿别怕疼，猴一看也跟你学，保准从树上找个树枝来啪啪也打自己脑袋，猴子把自己打晕从树上掉下来，你想怎么逮就怎么逮它。土肥原贤二一听，好啊，管用吗？肯定管用。这土肥原贤二纳闷了，我还有个事问你，昨天给猴吃辣椒，猴子用两个拳头碰着，这什么意思？这你不知道，猴在骂你，骂你是个二傻子、大混蛋。

第二天上山一看，山上都是猴，土肥原贤二先抬起手来拍胸脯，那些猴也学他这么拍，又用两个手对脑袋拍两下，猴子也拍脑袋。土肥原贤一看真灵，从兜里把这擀面杖掏出来，对着脑袋“咣”一下，这下打得自己都产生幻觉了，再抬头看树上的猴，这些猴没有把树枝拿起来打自个儿，而是一起做了个动作，冲着他比二傻子。你看看中国猴也知道恨日本鬼子。

十二生肖之趣说酉鸡

孟姜女哭长城的传说，发生在河北北部的万里长城脚下，千百年来，一直在民间留传着。相传秦始皇时，劳役繁重。范喜良（范杞梁）与孟姜女新婚三天，就被迫出发修筑长城，不久因饥寒劳累而死，尸骨被埋在长城墙下。孟姜女身背寒衣，历尽艰辛，万里寻夫来到长城边，得到的却是丈夫的噩耗。她痛哭于城下，三日三夜不止，这段长城就此坍塌，露出范喜良尸骸，孟姜女于绝望之中投海而死。

说起十二生肖当中的鸡，它在世界范围之内都很受认同，你看法国地图的形象，那就是一只大公鸡。中国人对鸡的认同，是把鸡当作一个很有规律的同伴。因为我们知道，“鸡司晨，犬守夜”。过去没有闹钟怎么办？这鸡一打鸣，就是大家该起床了。

我们关于鸡的词，听着都挺好，可是也有不好的词，像几年前爆发的禽流感，那不是说最先从鸡身上开始的吗？有人开玩笑说，这禽流感赖不着鸡，赖谁呢？秦始皇。说怎么赖秦始皇啊？秦始皇当年修万里成长，孟姜女她丈夫范喜良就死在这上边。孟姜女哭倒万里长城，把范喜良尸首弄出来厚葬，秦始皇一看孟姜女长得漂亮，就起了歹心，想把孟姜女纳入后宫，上前非礼。孟姜女身披重孝气得浑身颤抖，指着秦始皇鼻子大骂，秦始皇你个流氓，你敢！“秦始皇”、“流氓”、“你敢”，合起来就是禽流感。说禽流感就这么来的，当然这是一句玩笑话。

人类比较早的驯化的动物里头就有鸡，鸡好养活。你看在农村怎么喂鸡呢？拿着米糠之类的，嘴里“咕咕咕咕”，这鸡就过来吃了。这就奇怪了，怎么喂鸡都喊这个声音，这个语言是怎么诞生的呢？这也有个传说。说以前有这样一家，两口子一个小孩，家里粮食紧紧巴巴的，可是这孩子他姑姑经常到他家蹭饭。这小姑子都成亲了，好吃懒做不爱做饭，嫂子家饭做好了，到这儿来就吃，而且手脚还不干净，见有什么好东西就往回偷。有一回，孩子他娘刚买了一对耳环，这小姑子来吃饭，走了以后这耳环就没了，给拿走了。不说也不行了，太不像话了。这对夫妻就问这个小姑子，到底是不是你拿的？小姑子打死都不承认，最后把这小姑子问急了，发誓说这耳环要是我拿的，我就变成一只鸡。刚说完她真就变成一只鸡了。这一下子哥哥嫂子后悔了，说你看她岁数小，她虽然成家了，但是不懂事，咱哪能逼她发这毒誓呢？你说这不完了吗？真变成一只鸡了。怎么办？咱养活着吧。哥哥嫂子挺后悔。后来这二位年纪大了，也干不动活了，就由这小儿子来喂鸡。这小儿子好奇，说怎么单养这一只鸡呢？爸妈就说，这可不是一般的鸡，这是你姑姑变的。这小儿子就知道了，以后每次喂这鸡的时候，都喊“姑姑，姑姑”，他姑姑就过来吃了。所以现在一喂鸡，“咕咕咕咕”是孩子叫他姑姑呢。

这些故事都说明什么？说明鸡和人类的关系是很密切的。公鸡打鸣母鸡下蛋，如果你这弄乱套了，就成了东北常说的“驴拉车，马拉套，老娘们儿当家瞎胡闹”。你看赵本山的小品《公鸡下蛋》，弄出一只公鸡来下蛋了，造成了巨大的错位。

我从小的时候，身边就有人问我，我也问人家，鸡生蛋，蛋生鸡，那么到底是先有蛋，还是先有鸡呢？你说先有鸡也不对，鸡从哪儿来的？蛋孵出来的。说先有蛋也不对，蛋从哪儿来？鸡下出来的。你看，弄不清楚了。那么到底是先有蛋还有先有鸡呢？从科学上能把它解释清楚，应该是先有蛋。为什么呢？鸡是一种家禽，也算鸟类的一种。从哪儿进化来的？上古时期的恐龙。在空中飞的翼龙，后来变成始祖鸟，这样一点点来的。在进化过程当中，往往每一次新生命的孕育，在进化上都是一个重要的环节。比方说鸡的前身始祖鸟还没进化到鸡，但离鸡差得不远了。它生的最后一回蛋，这个蛋里培育出来的胚胎已经具备鸡的样子了。那么这个蛋一生出来就是一只鸡。我们就可以认为是最接近鸡的始祖鸟生了蛋，而这蛋再孵出来，鸡就进化出来了。那么你说是先有蛋还是先有鸡？当然是先有的蛋。这回鸡产生了之后，再孵蛋那就是鸡生蛋了。所以从科学角度来说，一定是先有的蛋，然后才有真正的鸡。

始祖鸟曾被认为是鸟类的祖先，生活于侏罗纪的启莫里期，距今约1亿5500万到1亿5000万年前。不像现今鸟类，始祖鸟有细小的牙齿可以用来捕猎昆虫及其他细小的无脊椎生物。始祖鸟亦有长及骨质的尾巴，它的脚有三趾长爪，与恐龙极为相似。由于有着鸟类及恐龙的特征，始祖鸟一般被认为是它们之间的联结，它可能是第一种由陆地生物转变成鸟类的生物。

刚才我们说鸡打鸣，是鸡的一个显著特征。古代进入关口的时候，早晨什么时候开关口？就是看鸡打鸣，所以才有孟尝君“鸡鸣狗盗”那个故事。齐国公子孟尝君出使秦国被秦昭王扣下，孟尝君逃出后要悄悄回国，出函谷关时城门未开，孟尝君担心追兵追上，其门客中有一人擅长学鸡叫，当兵的一听，把关口大门打开了。现在说本事不大，但是多少有一技之长的，我们管他叫“鸡鸣狗盗”之徒，说这个人净干一些乱七八糟、偷偷摸摸的事，也叫“鸡鸣狗盗”。

孟尝君率领众宾客出使秦国遭软禁，向秦昭王爱妃求助，妃子要齐国天下无双的狐白裘（用白色狐腋的皮毛做成的皮衣），可孟尝君已将其献给秦昭王。孟尝君有一门客最善于钻狗洞偷东西。他钻进贮藏室把狐裘偷出来。妃子见到狐白裘高兴极了，说服秦昭王释放孟尝君，并准备过两天送他回齐国。

孟尝君怕秦王反悔，立即率领手下人连夜出关。当时正是半夜，按秦国法规，函谷关每天鸡叫才开门。孟尝君的另一个门客会学鸡叫，而鸡是只要听到第一声啼叫就立刻会跟着叫起来的。守关的士兵按照规定起来打开关门，放他们出去。

有关于鸡打鸣还有些事很有意思。过去有一部小说叫《半夜鸡叫》，不少年长的人都看过，而且后来也拍成了电影、电视剧。讲的是从前有个地主周扒皮，为了让长工多干活，半夜起来把公鸡给捅醒了，公鸡一醒不打鸣吗？一打鸣这地主婆过来叫长工，快起来，鸡都叫了还不起来。这长工就纳闷了，怎么半夜鸡还能叫唤呢？一来二去，趁晚上起夜的功夫就发现了，这周扒皮在那儿捅公鸡呢。于是大家就埋伏了，等周扒皮一出现，大家一拥而上，假装打小偷，把周扒皮打了，等地主婆出来的时候，已经把周扒皮打得半死，大家也解气了。这个故事是不是真的呢？地道地胡编。这是那个时代，为了打倒地主分田地搞大运动编的故事。还记不记得说四川唐邑县，大地主刘文彩家里设水牢，后来一调查根本就没那回事。我们不否认，地主里边有一部分剥削长工剥削得很厉害，但是大多数地主不会用这种方式剥削长工。你想长工半夜起来干活儿，精力也不集中，身体未恢复过来呢，效率能高吗？所以说半夜鸡叫那些故事，基本上是胡编的。

《半夜鸡叫》是高玉宝创作的一部小说，展现了旧社会地主对于农民的压迫，曾被改编为连环画、美术片等多种形式，其故事在民间广为传播。

鸡肉也是人们经常吃的一种食品，有不少人喜欢鸡肉，尤其东北人，你看二人转《小拜年》里边就有小鸡炖蘑菇。鸡肉跟牛肉、猪肉比，肉质比较细，味道很好，营养也很足。但现在有一些孩子经常说，我就不爱吃鸡肉。那是你没吃过好吃的鸡肉，农村散养的鸡，扣点儿山蘑菇多好吃啊！可是现在为什么很多孩子不爱吃鸡肉了？那都是饲养场养的肉鸡，那肉鸡两三个月就长那么大。你想想，长那么快它的肉里的营养就很成问题了。这也造成在通货膨胀的情况下，鸡肉价格没怎么涨，不信你到菜市场看看，牛肉涨得快，羊肉涨得快，猪肉涨得更快，但鸡肉没怎么涨。鸡肉虽然没怎么涨，这鸡蛋价可是不停涨。最近鸡蛋大概涨了50%以上。很多人纳闷，说这鸡肉不怎么涨价，鸡蛋怎么涨这么厉害呢？很多专家找原因，说这事怨谁呢？一个怨乾隆，一个怨刘罗锅。怎么能怨到那么早呢？

当年乾隆爷登基的时候，刘墉是户部大臣，相当于财政部大臣，管税收这些事。那时候什么东西收多少税，皇上一支笔，就跟现在单位一把手似的，金口玉言。结果大清年间，尤其乾隆年间，鸡肉上税上得非常高。刘墉想了个主意，找皇上去了。干嘛啊？找皇上下棋。说怎么还下棋呢？我们看那个电视连续剧《宰相刘罗锅》里，乾隆跟刘墉刚认识就下了一盘棋，乾隆还输了，刘墉的棋下得比乾隆好，但是乾隆的棋也不次。越是这样接近，你越有瘾。平常下象棋的朋友知道，假如说你碰上一个水平比你高一点的，你

刘墉（1719~1804年），号石庵，另有青原、香岩、东武、穆庵、溟华、日观峰道人等字号，清代书画家、政治家。山东省诸城逄戈庄（今属高密）人，大学士刘统勋之子，祖籍山东日照。

乾隆十六年（1751年）中二甲第二名进士。清乾隆、嘉庆两朝重臣，官至体仁阁大学士，以奉公守法、清正廉洁、峭直敢谏闻名于世。

就愿意跟他下，比你高太多的你总输，没意思，碰上一个比你差的，你总赢也没意思。就是对这样比你高一点的你来劲儿。可是刘墉有的时候以朝务缠身为名不跟皇上下棋，说万岁我那户部还不少事得办呢，乾隆也不好说什么，所以乾隆经常追着刘墉下棋。今天一看刘墉来找他下棋，乾隆高兴，你还送上门来了。刘墉说我今天也想陪皇上好好下下，不知咱们是下两盘还是下三盘啊？乾隆说不提下几盘，难得你有这兴致，这么着，今天只要你不说停，我就不说停，咱俩一直下。晚上十点钟，这俩人一盘一盘下着，刘墉连着赢了几盘，乾隆想追。下到十盘开外，就到后半夜三点多了。乾隆困了，可没想到刘墉精神头儿这么好。他想说停，可前面讲了，今天你不说停，我就不能说停。皇上金口玉言啊，这时候乾隆不好张嘴，硬挺着成了他陪刘墉下。

他一边下棋一边困得直磕头，一会儿工夫到了五点钟了，外边雄鸡打鸣。乾隆爷一听鸡叫，精神为之一振，再看刘墉还在那儿琢磨下棋呢。乾隆困得不行，也来

（接上页）其书法味厚神藏，有廊庙气度，是清代最有名的帖学大家，作书喜用浓墨，故世人又称其“浓墨宰相”。

与纪昀、和珅并称为乾隆朝三大中堂的刘墉，是历史上的一位传奇人物，聪明绝顶，家喻户晓。事实上，清朝并无宰相一职，而他是否真的是个罗锅，也无确凿的史据可考，但他刚正不阿的清官形象却在民间深入人心。

气，就提醒刘墉："刘爱卿啊，你可一宿没睡了。"这时候外边雄鸡又打鸣。乾隆说："你看，你没睡，鸡也没睡。"这话刚说完，刘墉本来低着头在那儿看棋呢，突然扑通一下跪倒："吾皇万岁，谢主隆恩。"乾隆说："你谢我干嘛？我没封你没赏你的。"刘墉说："谢皇上金口玉言，您可说了，鸡也没'税'，今后这鸡肉您可就不能再收税了。"把乾隆给噎到这儿了，为什么？皇上金口玉言，说的事是不能改的，尤其是当着大臣的面，君臣无戏言啊。说完这个，刘墉起身告退，把乾隆扔屋里了。乾隆心里这个气，我又让这罗锅子把我糊弄了，这事儿我得报复报复。好，鸡肉是不上税了，你这养鸡场，除了鸡肉不是还有鸡蛋吗？我把鸡肉税全给你挪到鸡蛋上。从那时候开始，鸡肉税是降下来了，鸡蛋的税成倍往上涨了。所以现在你看鸡肉价格不怎么高，鸡蛋的价值翻着跟头往上涨，赖谁啊？一赖乾隆，二赖刘罗锅。

我们有时候形容一个人特抠门儿，就说你是个铁公鸡。这个"铁公鸡"倒是自古以来就有的说法。说有四样东西最抠门儿，铁公鸡、铜仙鹤、玻璃耗子、琉璃猫，为什么呢？这样的动物，身上有毛你也拔不下来，所以叫一毛不拔。一毛不拔是什么呢？就是抠门儿。有人说孔夫子当初就讥笑这一毛不拔的，可铁公鸡不是孔老夫子说的。诸子百家有一派叫杨派，代表人物叫杨朱，人称杨子。杨子有一句话叫“拔一毛而立天下，吾不为也”。什么意思呢？天下再大它是人家的，汗毛再少这是我的。虽然这东西小，要从我身上拔一根汗毛，让你们都得好处，我不干那事。为什么？你们用来得好处的东西是我的，我没得好处。这是极端的以自我为中心，一种自私自利的想法。虽然我们现在不认同这个观点，但是，那个时候物质匮乏，人的生存环境很残酷，所以杨子的学说流传很广。一毛不拔就是从这里来的。与他相反的是墨子，墨子主张兼爱，就是我爱所有的人，爱无差别等级，无远近亲疏。

墨子是墨家的代表人物。他反对残酷的战争，主张“兼爱”和“非攻”。当时的杨朱与墨子作对，竭力反对“兼爱”，主张“为我”。墨子的学生禽滑釐曾问杨朱：“拔你身上的一根汗毛而能使天下的人都得到好处，你愿意不愿意？”杨朱听后摇摇头说：“天下的问题，绝对不是一根汗毛可以救济得了的。”禽滑釐反驳道：“这只是一种假设，如果拔你一根汗毛而能安定天下，你肯不肯？”杨朱听后默然不语。

可是儒家学说反对他们俩。孔子之后是孟子，孟老夫子是既反对杨子这种一毛不拔，也反对墨子这种兼爱，对每个人都一样。孟子怎么说的呢？叫“墨氏兼爱是无父也，杨子为我是无君也”。什么意思？就是说，墨子对邻居、对普通人，跟对父母一样，你这不是不把你爹当回事吗？人总得对自己爹好吧？所以“墨氏兼爱是无父也”，就是你眼睛里没有你父亲。“杨子为我是无君也”，这杨子拔一毛给别人都不愿意，这就是没有大局观了，你眼睛里还有君主权威吗？所以一毛不拔是没有君主没有皇上，眼睛里没有权威。最后一句狠，“无父无君乃禽兽也”，无父无君你算是个禽兽。当时禽代表着什么？就是代表这公鸡。所以铁公鸡是地地道道的一个贬义词。

孟子认为，杨子奉行“为我”，拔根汗毛就对天下有利，他也不干。墨子提倡“兼爱”，从头到脚都受伤，只要对天下有利，也愿干。子莫持中间态度，持中间态度就接近正确了。但是，持中间态度而没有变通，也还是执着在一点上。执着于一点之所以不好，是因为它损害了道，抓住了一点而丢弃了其余。

十二生肖之人模狗样

十二生肖当中的狗，是人类驯化比较早的一种动物。驯化的狗的用途非常大，比方说过去看家护院，跟随主人去打猎，后来又有缉毒犬、搜爆犬、导盲犬，等等。作为宠物，狗能够陪伴人缓解寂寞。

而且狗偶然还能干点分外的事，比方说狗拿耗子多管闲事。

照理说狗给人类带来这么多的帮助，人类应该尊崇狗，可是我们发现，中国传统文化当中对狗夸奖的地方真不多，最多有个“子不嫌母丑，狗不嫌家贫”，说的是狗挺忠诚。剩下的词比如狗仗人势、狗眼看人低、狗腿子，都不是好词。这是什么原因造成的呢？我想中国传统文化当中，对狗看得比较低，这跟狗驯化的过程及它的特性有关。狗是从什么驯化而来？是从狼驯化而来，我们知道，狼可以说是贪婪、狠毒的动物，狗脱胎于狼，再驯化，身上恐怕多少会有一些狼性。驯化好了之后，这狗绝对听主人的，又表现出一定的奴性。狼性和奴性搽到一块，中国传统文化里对狗是看不上的。比方说，天文现象有日食月食，民间老百姓说天狗吃月亮，天狗吃太阳，为什么把这事赖到狗身上？这事有一个传说，传说当年有个国家，这个国家有国王、王后，还有个王子。这个王子叫目连，他并不爱好荣华富贵，一心修佛，懂佛法，所以人家又管他

狗，亦称“犬”，学名“家犬”。与马、牛、羊、猪、鸡并称“六畜”。有科学家认为狗是由早期人类从灰狼驯化而来，驯养时间在4万年前~1.5万年前，是人类最早驯化的动物，被称为“人类最忠实的朋友”，现如今是饲养率最高的宠物。

叫目连僧。当时，他就等于居家修行。可是他母亲跟他性格正好相反。有一次这娘娘要到庙里上香，上香之后要赏赐僧人斋饭，给这个庙里的360个和尚准备360份素馒头，可是这时候，这王后杀了一些狗，然后把这狗肉放到馒头里，素馒头就变成了狗肉馒头。你想这僧人是戒荤腥、不得杀生的，她这样做，是成心想让这些僧人破了荤戒。目连知道了，一个劲儿劝他母亲不要干这事，但是娘娘不听。没招了，目连偷偷地告诉了庙里的方丈，方丈一看，这王后娘娘咱惹不起呀，怎么办呢？做了360个白面馒头，让大家藏到袖子里。然后，王后娘娘到庙里做完法事之后，给每个和尚发一个狗肉馒头，这时候和尚遵照方丈的嘱咐，把这狗肉馒头藏袖子里，把藏在袖子里的素馒头拿出来吃了。吃完了以后，这些和尚知道怎么回事，王后娘娘不知道："你们这些愚顽的和尚，上了我的当了，你们破了荤戒了。"

关于"目连救母"的故事有多个版本。一说目连得知母亲入饿鬼道饱受苦刑十分悲哀，求祈于佛陀，佛陀教目连于七月十五日建盂兰盆会，借十方僧众之力让母吃饱。目连乃依佛嘱，于是有了七月十五设盂兰供养十方僧众以超度亡人的典故。目连母亲得以吃饱转世为狗。目连又诵了七天七夜的经，使他母亲脱离狗身，进入天堂。

结果这事被玉皇大帝知道了。玉皇大帝说这怎么得了？把她打入十八层地狱。她不是杀了些狗吗？那就让她变成一只恶狗，在十八层地狱里待着吧。可是这目连僧孝顺自己母亲，母亲变成狗，还进十八层地狱了，他心里难受，就夜以继日地加紧修行，最后目连僧修成了地藏王菩萨，可以自由进入地狱。到了地狱里，把地狱的门打开，把他母亲给放出来了，这就是目连僧救母。可是他母亲已经变成恶狗了，出来之后不甘心，说谁给我弄到地狱的？玉皇大帝。我找玉皇大帝算账去。到天上找不着玉帝，一看这月亮、太阳在天上，张嘴就咬，把月亮和太阳都咬下来了。可是恶狗怕什么？就怕巨大的响动，这人没有太阳、月亮活不了呀，大家就拿盆子敲，然后放鞭炮，天狗一害怕，就把月亮、太阳吐出来了。现在有的地方仍旧保留着这个习俗，每当出现日食、月食的时候，老百姓就敲盆、放爆竹，造出大响动，意思把这天狗吓跑，让它把月亮、太阳吐出来。你看在目连僧救母的传说里边，狗是凶恶的。但是西方国家跟我们传统不一样，西方国家对狗都是赞美的。比方在中国你骂谁是狗，这肯定是不行的，人一听就是骂我的，但西方社会你说谁是

狗，他觉得挺骄傲。比方说NBA有一个球星，叫格伦·罗宾逊，外号叫大狗。大狗什么意思？能负得起责任的领头人才被称为大狗，在中国这就不行，中国人带狗都不是好话。比方说有人跟这两口子有仇，这两口子带着宠物狗出来，他在旁边就说："你看这狗、男、女。"这也是骂人的话。还有人们平常说的狗腿子。

关于狗的片子在西方国家不少。2005年我看过一部片子叫《南极大冒险》，它说的是到南极考察的一些科学家，没法用飞机、车这些交通工具了，怎么办呢？让狗拉雪橇。拉雪橇的是哈士奇犬，这种狗不少人养过。哈士奇有一个特点，它不像一般狗叫得那么清脆，是从喉咙里发出呜呜的声音，外形也多少有点像狼，但是这种狗特别温顺，对人没有任何攻击性。而且拉雪橇的时候，它们把它当成一种游戏，跟撒欢儿玩似的，非常愿意干活。这些科学家到了南极带了八只雪橇犬。由于环境太恶劣了，他们整个考察没有成功。最后走的时候，由于各方面的问题，飞机载不动这八只雪橇犬，只能把它们留在南

《南极大冒险》讲述了八条雪橇犬在残酷的大自然中努力集体求生的故事。和以往的动物电影不同，导演并没有将狗放在一个只是取悦观众的角度，更没有把狗与人类平行描写，而是将它们刻画为故事的主角——完全的主角，并且极力淡化了人类角色在片中的分量，让人们以伪纪录片的方式了解动物之间特有的情怀。

极。虽然它们适合在寒带地区生活，可那是北寒带。真到了那种冰雪封冻的南极，它们能活多长时间，谁也没把握。所以它们的主人几乎是含着眼泪撤出了南极大陆。

走了之后，这个主人心里实在不甘心，他多方筹集资金准备回去救这些狗。过了半年，他带着飞机回来，把这些狗救走了。而这半年间里，这些狗里边也死了几只，但这些狗合作团结，在南极大陆上顽强生存，跟海豹斗，跟当地其他动物斗。其中有一幕非常精彩，就是几条狗通力合作来抓海鸟。这一幕拍得太漂亮了。这部片子结尾的时候，这些人把狗找到了，人狗之间的那种情分依然还在。狗对人忠诚，人对狗照顾，让我们看得特别特别温暖。

以往电影一出字幕了，不少人站起来都走了，我记得那个片子散场的时候，全场的观众坐那儿鼓掌，走的人真不多。就说明这种感情非常非常真挚，狗的那种忠诚，打动了现场每一个人。其实我们中国的文化里面，对狗的忠诚这一点也有认

哈士奇即西伯利亚雪橇犬，是原始的古老犬种，在西伯利亚东北部、格陵兰南部生活。哈士奇名字的由来，是源自其独特的嘶哑叫声。在西伯利亚东北部的原始部落，楚克奇人（Chukchi）用这种外形酷似狼的犬种，作为最原始的交通工具来拉雪橇，并用这种狗猎取和饲养驯鹿，或者繁殖这种狗，然后带出他们居住的冻土地，换取温饱。

京巴犬起源于中国，长久以来一直作为皇宫的玩赏犬，在历代王朝中均备受宠爱。历代皇室为了满足自己的需要，不断对这种狗进行改良。为了让它不想远走而总在皇帝周围活动，他们让狗的前腿弯曲；为了让犬落地无声，他们培育狗脚尖有羽状毛；而为了体现京巴犬的尊贵和独一无二，他们要求狗的毛色金黄与皇帝的衣服相一致。

可，只不过狗是人类驯化的，人们可能就失去了对这方面关注的兴趣。比方说北京有一种叫京巴的狗，其实就是哈巴狗。这种狗你看着挺可爱，挺长的毛发，显得比较笨拙，其实这种狗从生物学角度来讲，是残疾狗，畸形的狗。正常的狗应该腿比较长，显得矫健，可这种狗腿短、腰长、行动不便，而且这狗牙齿稀松，基本丧失了攻击性，人要不喂它，它就活不了。两个眼睛离得还特别远，眼睛视力很弱。你看那哈巴狗在北京好多地方特别受到宠爱，《刘老根》里面的大辣椒、丁香，富起来不知道怎么“得瑟”好了，一人抱一条哈巴狗。这样一种行为其实是人对狗的畸形的摧残，而这种哈巴狗离了人就活不了，所以它必须摇头摆尾地向人乞讨，狗很多的毛病是怎么来的？是人给惯出来的。

有一种狗在国内被人交口称赞，什么狗？就是藏獒。以前曾经有一部片子，叫《藏獒情未了》，也是2005年前后拍的。说的是主人抱回来一只小藏獒，把它养大了，这只藏獒叫贲儿头。搬家的时候，主人把电脑落下了，回头一看，那狗就在那儿看着呢。有收破烂的想要这个电脑，喂狗火腿肠，让狗过来，狗就不来，对主人就这么忠诚。

一般主人都不管藏獒叫狗，管它叫犬。小藏獒虽小，一般的大狗却怕这小的，为什么呢？獒身上散发的是野兽的味道，不是狗的味道，一般狗一年发情两次，生两胎。藏獒一年就一次，这个跟狼虫虎豹的规律是一样的。而且藏獒特别凶狠，三头狼打不过一只藏獒。藏獒在青海西藏一带生活，后来被拉到中原地带、京津地带。现在，全国哪儿都有了。说实在的，我看到这种情况，心里不好受，为什么呢？藏獒它本来在青海西藏高原地区，那儿空气稀薄，它适应那种环境，显得特精神。可是一到了平原地区，氧气多了，生理上会有醉氧反应，藏獒精神头儿就没那么足了。藏獒是大型犬，北京市里不让养，刚才说那个《藏獒情未了》里面，主人公没办法，把它送到别人家了。送到别人家，这狗不吃不喝，不认这家里人。藏獒是从小谁养它，它就认谁。换一个主

《藏獒情未了》是北京光影百年文化传播有限公司、电影频道节目制作中心2005年出品，由侯军、李晓红主演的一部感人电影。

人，不管喂它什么好吃的，它都不吃。最后没招儿了，又领回来。但是市里面有最后期限，你必须得在限期内，把这狗弄走。最后主人一想，怎么办呢？放生吧，让它自己谋生路去吧，给它带到野外来了。

回去狗跟着就回来了，下次放了开车回来，结果隔了大概有一上午的时间，这狗溜溜达达又跟着回来了，这狗认得路。放了这么四五次，藏獒明白了，主人不要它了。这时候藏獒采用了什么方法呢？自己咬舌头自尽，跟主人诀别。那一幕看得不少人心如刀绞，直掉眼泪。所以藏獒这种狗，目前在国内售价可以说最高，而且我见到这种狗是肃然起敬的，它比那些向主人争宠的狗、摇尾乞怜的狗，要珍贵得多。

《藏獒情未了》是一部描述人与动物之间感人故事的影片，也是世界上第一部人与巨犬藏獒共同演绎的影视作品。

狗在西方那么受推崇，我们也有好多动物保护协会的人，坚决反对吃狗肉。我做过一期《北方今日谈》的节目，跟小动物保护协会的人在那儿争辩，说能不能吃狗肉的问题。我倒觉得这不是个事。西方传统认为，狗是人类的朋友，不能吃狗肉，所以2002年在韩国举行世界杯的时候，说要抵制吃狗肉。那西班牙把牛给弄死了，不虚伪吗？牛对人的帮助就小吗？我觉得这只是不同文化的反映。要是就在狗的问题上较真儿的话，我认为太狭隘了。比方说不准吃狗肉，朝鲜族的朋友怎么办呢？所以你得尊重人家的习惯。从我们的认知角度来讲，人的生命权大于狗的生命权，那么狗的生命权和人的行动权是基本持平的，我们现在就要在这上面找一个平衡，既能很好地体现我们的爱心，不虐杀动物，保护动物，同时也不要过分地干涉我们人类现有的生活，而且你认为狗好或者认为哪种动物不好，其实跟动物本身没有关系。天底下没有人告诉我们，狗就比猪高贵，就比鸡高贵，我们吃猪肉、鸡肉就心安理得，吃狗肉就不应该。对狗的这种态度，其实是人对狗的认知，这是人类社会的问题。你非要在狗身上延伸，你不觉得太执着、太偏执、太可笑了吗？

就像现在有很多老年人，子女不孝顺，养一个宠物，觉得这狗对自己比子女都知心，这不就是人精神世界的一种反映

狗肉是朝鲜族喜吃的肉食之一，除婚丧及节日不吃狗肉外，其他季节都可吃狗肉。但多半是在伏天或患者康复时为补养而杀狗。

吗？反过来我们看，为什么有的居民看别人养狗费劲，有的人对狗，对自家养的宠物比对爹妈都好，这不又是人的一种精神反映吗？从这一点来讲，狗本身没有什么好与坏，好坏来自我们人类自身的道德观和价值观。所以从这个角度来讲，我们不要过多干涉狗的世界，也不要在狗的问题上过于执着，只要我们本着本性和良心，把人的责任尽好了，狗的世界不会受到太大的影响。

十二生肖之新批猪哥

十二生肖的最后一站，就是猪。猪和人类关系的紧密程度，不用我说大家也知道。我们说有家有业，成家立业，这个“家”字怎么写？上边一个宝盖，下边一个狼奔豕突的“豕”。这个“豕”是什么意思呢？这是一个文言文词，它的意思就是猪。

野猪不仅与家猪外貌极为不同，成长速度也远比家猪慢得多，体重亦较重。野猪腹小脚长，毛褐色，牙长出口外，成年后体重四五百斤。它能与虎搏斗，常结队而走。它掠松脂，滚泥沙，使其涂遍全身用以抵御箭矢。野猪最能破坏庄稼，也吃蛇虫。

猪是由野猪驯化而来，野猪可跟现在我们看到的家猪不一样。由于家猪是吃饱了就睡，睡醒了就吃，所以长膘长得快，人们经常认为它懒惰、愚蠢、自私。但是野猪可不是这样，野猪是什么呢？人还没驯化呢，它得自己找食。有两句诗说“笼鸡有食汤锅近，野鹤无粮天地宽”，就是说，这鸡在笼子里边，天天有人喂它，其实离屠宰不远了。野鹤得在外边自己找食，没人喂它，但是天地因此宽了。有的人依赖于别人生活，其实离霉运就不远了。如果你愿意在广阔的天地闯荡一下，愿意勤快一些，吃点苦，很可能你的天地会很宽。

野猪就是到处刨食。我们说猪怯懦、老实、懒惰，野猪可不是这样，野猪非常凶猛，而且速度也很快，在自然界里，未经过驯化的野猪威胁力很大。

其实《西游记》里那猪八戒的原形就是野猪，要不猪八戒能耐能那么大吗？有九齿钉耙，天蓬元帅出身，就算错投猪胎也勇猛非常。不然在高老庄跟孙悟空大战那么多回合，最后打不过孙悟空了，那也就比孙猴儿差点儿，本事还是有的。有人就纳闷了，说八戒它戒什么呢，怎么叫八戒？要想说明这个问题，我们得从佛学的一些基本定义上讲起。佛家讲的五戒是戒什么呢？戒偷盗、戒杀生、戒邪淫、戒妄语、戒饮酒。佛家讲六道轮回，何为六道轮回？就说世界上各种各样的生物总共有六种结果，天道、人道、阿修罗道、地狱道、饿鬼道、畜生道，总共六种。

人修行好的话，来世变成仙了，就是天道。但是你这辈子即使是神仙，是天道，弄不好下辈子可能入地狱道、饿鬼道，进十八层地狱了，这叫六道轮回。有句话叫“顺成人，逆成仙，都在其中颠倒颠”。那怎么能跳出六道轮回呢？就是修佛，你修成佛修成菩萨了，你就跳出六道轮回了。那么僧人讲五戒是什么呢？就是修行的前提，是先戒掉一些不良的东西，你才可能获得很好的结果。所以这五戒保证你来世能够有一个好的结果，能够持续地往前修行，所以必须要戒。你看《西游记》里边，为什么给孙悟空压在五行山下？他大闹天宫的起因是什么？孙猴儿上天把蟠桃给偷了，然后到太上老君炼丹炉偷吃两壶仙丹。这是干什么？偷东西。所以五戒先犯了偷盗，最后佛祖伸出一只手

印度人最崇拜的图腾是法轮，所以佛教以法轮为标志，六道是众生轮回之道途。六道可分为三善道和三恶道。三善道为天、人、阿修罗；三恶道为畜生、饿鬼、地狱。阿修罗虽为善道，因德不及天，故曰非天；以其苦道，尚甚于人，故有时被列入三恶道中，合称为四恶道。佛教相信，任何人若遵守五戒，可得六根整然人身。若在五戒上，再加行十善，即可升到天界。

来，用五指山把它给压住了。

沙和尚呢？在流沙河里待着，最后把来往的人给杀了，把肉吃了，把人的头骨挂到脖子上当项链。所以你看最开始沙僧的形象，脖子上挂的一串链子，上边串的是人骨头。沙僧犯了什么罪呢？杀生。所以要惩罚沙僧西天取经。猪八戒身上这八戒，不是指我刚刚说的这五样，因为这五样是基本要戒的，必须得戒的。在五戒之外猪八戒又多“八戒”，因为它毛病多，所以说这是属于它的自选动作，前边这五戒是规定动作。那么猪“八戒”戒什么呢？我一样一样给大家说。

第一样，猪八戒贪吃。他本来是天蓬元帅出身，喝醉酒之后到月宫里边调戏嫦娥，被玉皇大帝贬下界，匆忙之间错投猪胎。猪就好吃，猪八戒最后西天取经成功了，被封为净坛使者。什么叫净坛使者？这都拿它开玩笑的，坛是什么呢？祭祀时有一个坛，往上摆吃的喝的。猪八戒就管那个，不管上了什么供果，都是他吃了，把坛子打扫干净，是这个意思。八戒头一戒是戒贪吃。哪个妖精给提供点美食，一

乐呵在这吃上了什么都忘了。别见到吃的就没命，因为这可能对你形成一种诱惑。

《西游记》第二十三回中，黎山老母、观音菩萨、文殊菩萨、普贤菩萨为考验师徒四人取经的决心，化身为一个母亲和三个女儿招亲，结果发现猪八戒色心未泯。

第二个是戒什么呢？戒贪色。《西游记》中最滑稽的，就是四个菩萨下界，变成母女四个招亲。一个中老年妇女领着三个如花似玉的女儿，猪八戒一看哪儿也不去了，经我也不取了，我就留这儿吧，我当上门女婿，你招了我吧。最后这个老太太说，我三个女儿都不喜欢你，不能招你。所以，第二戒是戒贪色。

第三戒戒贪财。猪八戒喜欢钱。体现在什么上呢？要真不取经了，你回高老庄去也行，无所谓。但他还惦记师傅那包袱里头的紫金钵盂那些财产。你看有一回，孙悟空让一个妖精给吞肚子里去了，猪八戒回来报信，坏了，大师兄被妖怪给吃了。他脑子里始终不忘要分财产散伙，所以猪八戒第三戒贪财。

第四戒戒贪功。他好吃懒做，虚荣心还强，经常是孙猴儿在前边把妖怪打跑了，他先跑回来给师傅报告，师傅我已经把那些妖怪都打跑了。他要这功劳。但是有时候这功劳不那么容易得，得付出努力，所以他难免就作假。比方说师傅让他到前面探探路，他假意去了，半路上闲下来往那儿一躺呼呼睡觉。醒了，回来的时候说我都探过了。其实孙悟空变个小鸟在后边跟着他。所以这第五戒是戒作假，戒糊弄人。那么作假是因为什么呢？他自己不想吃辛苦，不想付出，所以第六戒戒偷懒，你得努力。

那么第七戒戒的是什么？畏难。就是一见到难处就不敢上了，比方说妖怪厉害点他不敢上了，西天取经路上辛苦，时刻想着散伙回高老庄找高小姐怎么行？所以第七戒戒畏难。

最后一戒很有意思，最后一戒戒什么？戒嫉贤。猪八戒长时间以来是不愿意当这二师兄的，上面有大师兄没法作威作福。所以他把这老大挤走了，那么他就成老大了。因此有个歇后语叫“猪八戒摔耙子——不刺猴（伺候）”。不伺候你了，他在孙悟空底下，孙悟空说拧他耳朵就拧他耳朵，他来气了。所以三打白骨精的时候，孙悟空把这几个妖精打死了，唐僧不愿意，这时候白骨精施法术使天上飘下来

“八戒”原意为戒五荤三厌。五荤，即五辛，指五种辛味蔬菜。（炼形家以小蒜、大蒜、韭、芸薹、胡荽为五荤；道家以韭、薤、蒜、芸薹、胡荽为五荤；佛家以大蒜、小蒜、兴渠、慈葱、茖葱为五荤。)三厌，道教把雁、狗、乌龟作为不能吃的三种动物，列为教条。认为“雁有夫妇之伦，狗有扈主之谊；乌龟有君臣忠敬之心，故不忍食”（《涌幢小品》）。厌，在此是不忍食之意。五荤三厌是佛道二教的混合物。

一道红绢，上边写着，“再留悟空难取真经”。你看猪八戒借这机会添油加醋，他把精力都用到这上边了，所以猪八戒嫉贤妒能。所以第八戒很重要，就是戒嫉贤妒能。这些就是猪八戒的“八戒”。

也有说佛教的“八戒”实际另有所指。包括不杀生，不偷盗，不淫欲，不妄语，不饮酒，不眠坐华丽之床，不打扮及观听歌舞，正午过后不食。

虽然猪八戒毛病一身，但是有很多人都特别喜欢猪八戒，甚至想要有一个像猪八戒一样的老公。这是有原因的，我来分析一下。首先，这师徒四人象征的不一样，唐僧是什么？唐僧既是富二代又是官二代，前身是金蝉长老，现世是唐太宗李世民的御弟。你想一下，官二代、富二代，在社会上要雨得雨，要风得风。别说孙猴儿得帮他，就是上边玉皇大帝、如来佛祖、太上老君、赤脚大仙、福禄寿三星都得帮他。所以唐僧的社会资源、人脉极厚。孙悟空是什么呢？就是不靠这些，天生的勇武过人，能耐大的。就像我们社会上有很多精英，出身很低，可是能耐大。沙僧是什么呢？普通的劳动人民群众。我能耐不大，那我就别站出来，我伺候好别人行了。在生活当中，你会发现这三类人挺常见。他们各司其职，各居其位。猪八戒是哪类人呢？

论能耐比沙僧强，但是又远不如孙悟空。从人脉关系上来讲呢，有点小人脉，但是跟唐僧比不了。所以他属于我们社会当中最常见的，比方说哪儿的白领，哪个小公务员，哪个做点小买卖的这样的人。这种人肩上担的负担，跟那几个人不一样。从婚姻状态上来讲，唐僧这种有坚定信念，会为了自己的理想不顾一切。俩人结婚了，我为了我的理想就要到那个城市打拼去，我管你老婆不老婆的，你在这儿待着吧，我们两地分居吧。现在的社会两地分居现实吗？在事业上太过执着的人，往往在感情世界里薄情寡义。所以很多现代派的80后、90后先把唐僧pass掉，这不行。

沙僧呢？老实勤俭，扛个煤气罐做个饭都能干，而且人也实诚，也不会轻易在外边包二奶、找小三，可是忒没出息了，你跟他一辈子也抬不起头。你想换套大房子，开个好车，他挣不来钱。你要想改善生活，得你自己努力，所以沙僧也被pass了。

孙猴儿好啊，有能耐，能挣钱。可孙猴儿这个人太鬼太机灵，你跟他在一起，你弄不过他，时时刻刻他限制你，实在不行来个七十二变，再调查调查你。女孩儿没有安全感。所以这时候孙猴儿也被pass掉了。

那么猪八戒为什么得到大家青睐呢？你看看，这个人身上有幽默细胞，会讨女孩子欢心。那猪八戒好吃懒做这些，你怎么能受得了？大家不要被《西游记》的假象给蒙蔽了，猪八戒不是这样的人。为什么呢？你看，虽然西天取经路上，他好吃懒做什么毛病都有，可是在高老庄没有被发现是妖精的时候，他是吃得多，可是干活真是狠，对高小姐也好，对老丈人、老丈母娘也不错。为什么说西天取经和在老高庄相比，猪八戒变化这么大呢？有一个道理，西天取经是干公事。说白了，观音菩萨说了，你把这一趟溜达下来你就赎罪了。这不是猪八戒自己的事，所以猪八戒当一天和尚撞一天钟，敷衍了事。可高老庄呢？他是上门女婿，高老太爷、高老太奶一死，这家业就塌下了，这是他自己的产业，他能不玩命干吗？所以猪八戒不是不勤奋，只不过这个事没被他自己承包了，那边是公家的，这头是私人承包，不一样。要不说体制问题决定人的积极性呢？就是说，猪八戒不是不勤奋，要是两口子过日子，钱往家里一搂，最后银行卡、储蓄都是自己的，那猪八戒肯定玩命干活儿。从这点来看，猪八戒就是现在常说的“经济适用男”。正经的时候，是“新好男人”，所以很多女孩儿选择猪八戒这类型的。那不是有眼无珠，也不是调侃，那是内心世界的一种真实反映。

就像我们说，孙悟空大闹天宫时，那么多天兵天将都整不过他，可是一下界跟这些妖怪打，不少妖怪孙悟空打不了，这是为什么呢？那些天兵天将都是给玉帝上班的，能拼命吗？我受那损失干什么？也不算工伤。于是，敷衍了事跟孙猴儿打，打一阵就败了。可是妖怪不一样。那些妖怪是自己创业的，自己创业能不玩命吗？因此形势不一样。猪八戒在高老庄也是自己创业，西天取经那是干公事，敷衍了事就得了。所以说猪八戒在这一点上是立得

住的。

现在新的影视作品就把这个现象扭转过来了，电视剧《春光灿烂猪八戒》《喜气洋洋猪八戒》《福星高照猪八戒》就完全颠覆这形象了。《福星高照猪八戒》里边的猪八戒小光头后边一个辫子，还用几个粉红色的花点缀，人长得胖乎乎的，圆嘟嘟的，说话奶声奶气的，非常像现在刚走向社会的大学生、小白领。这里边猪八戒胸无大志，可是待人挺和气，也与世无争，也没什么野心，还经常有艳遇。这是什么？这恰恰是现在好多年轻人，尤其是生活在城市的年轻人的一种梦想。为什么？生活压力太大。在这种情况下，我也不想有大出息，就让我活得快乐一点吧，就让我的烦心事少一点吧。它反映的是这种社会现实之下，一些小人物的生存心态。这是在中国城市化高速发展之下，绝大多数在城市里打拼的年轻人的一种体验。而这种心态，有人批判说是现在的享乐主义。

其实，如果条件允许，每个年轻人都想建功立业，愿意躺在自己的父母身边

"啃老"的不多。可是现在我们这个社会，你能说竞争很公平吗？为什么有富二代、官二代这些人？竞争起点就不公平。很多人跟别人"拼爹"、"拼娘"拼不起，他爸也不是李刚，那怎么办？我让我的生活更快乐一点吧。所以这是大家一种普遍的心理上的诉求。通过这个观点，你再看《福星高照猪八戒》《喜气洋洋猪八戒》《春光灿烂猪八戒》等猪八戒系列，你就觉得猪八戒格外可亲。比能耐大的孙猴儿，比老实木讷的沙和尚，比天天一脑门子信念的唐僧要可爱得多。

香港还有个麦兜小猪，麦兜小猪也代表草根阶层。那个麦兜小猪看起来粉红粉红的，眼睛上有个胎记。它喜欢吃肉不吃菜，喜欢鸡腿。他有我们每个人身上都有的惰性。所以有时候看猪八戒，就等于是照镜子看到了自己。千万不要说那句话，"猪八戒照镜子里外不是人"。其实猪八戒身上的好多问题，都是我们人的问题，这些问题，我们承认是缺点，可是这些缺点你很难改变。

所以人生在世，有的时候不能够把

麦兜单纯乐观，资质平平，却有很多梦想。希望、失望、希望、失望……一个接一个，都是失败，但麦兜还是凭他正直善良的"死蠢"创造了他美丽的世界。麦兜或许傻，或许笨，或许慢，在人生的追求中屡屡尝试屡屡失败，但他把生命过得自自然然，像在做一件简单的事。许多朋友都喜欢麦兜，就是因为他不完美，像我们每一个人。他的希望，让人看了喜悦；他的失望，让人感同身受。

自己的缺点抹得一干二净，抹得一干二净了，你的生活乐趣跟着也都没了。现在网上这么多人承认猪八戒身上的优点，我觉得这恰恰是我们社会对人性的宽容，是一种进步。

老梁说生肖互补

鼠与牛：智慧和勤奋的互补

一提生肖，有不少老辈经常跟后辈说，属羊不好，“十羊九不全”；属老虎的命硬；“蛇盘兔，必定富”，“鸡猴不到头”……那么这些有关于生肖的说法，到底准确不准确呢？其实，生肖不仅仅是计算年龄的一种方式，同时也是反映中国人生存的一些经验。我们经常说十二生肖相邻的两个之间，比如说鼠和牛之间是互补的，其实这里边是中国人的生存智慧。

为什么我说十二生肖反映了中国人的生存智慧呢？其实十二种动物代表着十二种个性，这十二种个性每一种都不能孤立地存在，它需要跟其他的个性结合，

才能获得成功、获得圆满。比方说，鼠和牛就代表着不同的个性，鼠代表什么呢？代表这个人聪明、灵活。牛代表什么？代表这个人勤奋、勤劳，生活在这个世上的人，如果很聪明，但是不勤奋，肯定一事无成；如果很努力、很勤奋，但是不够聪明，恐怕也做不成什么事。所以鼠和牛看起来一个很小，一个很大，但他们是最佳互补，反映的是勤奋和聪明的关系。

相传上古时，以蛇为图腾的部落与以兔为图腾的部落产生了矛盾互相厮杀。幸亏两位明智的酋长怜惜生灵，通过谈判，取得和好，并合为一个部落，兴旺发达强盛起来。从此“蛇兔团结”传为佳话，还编出了“蛇盘兔，必定富”的谚语，留传至今。

不少人小时候都读过一句格言，爱迪生说的，“所谓天才就是百分之一的灵感加上百分之九十九的汗水”。后来我翻爱迪生原著的时候，发现后边还有一句话，说你没那百分之一的灵感，那百分之九十九的汗水是白费的，就是说聪明和勤劳要有机结合，离了谁也不行。

先说这个老鼠。老鼠在我们生活当中，是个令人讨厌的动物，传播疾病、咬坏东西、偷吃粮食，可是在文学艺术领域里边，老鼠不是这个形象，为什么艺术化的老鼠经常是正面形象，而且往往无往不利呢？

它其实反映了中国人生存观念当中，

一个微妙的阴阳平衡，就是无论是动物还是人，你不可能占尽世间所有的好处，弱小者不一定就没有能耐，尺有所短寸有所长，越是弱小的往往爆发出的能量越惊人，这也等于是客观上保护弱小的一种方式，不能所有的好事都让强权的人给占了去。

艺术化的老鼠，有好多都是以弱胜强的典范，以前有个影片叫《精灵鼠小弟》，那里边的老鼠非常可爱，彬彬有礼，而且最后骑着白猫跟野猫们打仗。猫比老鼠要大多了，老鼠反抗猫，在有的时候成为一种弱势反抗强权的象征，所以很多电影或者电视节目里边，老鼠艺术化的形态都是以弱胜强的典范。我记得还有一个好莱坞电影，叫《库斯机》。这哥俩费尽心机，又是用捕鼠夹，又是用猫，甚至炸药都用上了，最后也没把这老鼠弄死，老鼠也因此成了生命力旺盛的象征。

《精灵鼠小弟》是美国作家E.B.怀特所著的三部被誉为“二十世纪读者最多、最受爱戴的童话”之一。好莱坞根据本书改编的电影，让倔强而可爱的鼠小弟征服了全世界。

所以十二生肖里边为什么鼠为大？我想除了老鼠寄托着人以弱胜强，保护弱小的心态以外，还因为老鼠生命力极为旺盛，到哪里都能生存，你看着它小，十二生肖里没有哪个动物比老鼠数量多的。还有一种说法是什么呢？说动物们争十二生肖都跑来了，老牛先来了，但是这老鼠省劲儿，它个小，跑到老牛的角上去了，在牛角上蹲着，结果老牛一低头它跑前边去了。

在生活当中，说到牛，你会发现牛跟人之间的关系是比较亲密的，其实牛是很早就被人类驯化的。关于牛与人的关系还有个传说，据说很早的时候，老牛是天上的一个宫廷侍卫。这玉皇大帝拨开云彩往下边一看，人间太荒凉了，好多地方寸草不生。怎么办呢？老牛自告奋勇说，我下去撒草籽。玉帝说，你这心挺粗，能干得了这活吗？能干，没事儿，你吩咐我下去。玉皇大帝说，你记住，走三步撒一把草籽，按这个频率。这老牛说行，我同意。就这样它走到南天门，眼看要下凡的时候，在南天门摔一跤，这一跤摔得可不轻，把上牙都给摔没了。它光有下牙没有上边那排牙，所以吃草嚼不了，得半夜反刍再嚼一遍。这一个跟头不光把牙摔没了，脑袋还摔糊涂了。玉帝说的本来是走三步撒一把草籽，这老牛给记成走一步撒三把草籽。下世之后，它就是走一步撒三把草籽，你想那草得长多少？老百姓没法种庄稼了，杂草太多了。玉帝一看气坏了，真是一头笨牛，这样吧，罚你下界陪着人类种庄稼，你得给人家干活，种好庄稼。另外你不是撒这么多草吗，你这辈子别的什么都不能吃，只能吃草，把这草给我吃了。所以你看老牛以草为食，跟人类在一块耕田。这都是从天上下来的时候，上天赐给老牛的功能。

多数时候，牛其实都是善良、勤劳、勇敢的象征，我们最熟悉的牛郎织女的故事，牛郎就是喂牛养牛的。他有个哥哥，哥哥成家以后怕牛郎分家产，就把他扫地出门了。牛郎没分到别的家产，只能牵着一头耕牛租地主家的地来种。

耕牛跟牛郎就成了好朋友。这头耕牛是天上金牛星被贬下凡，有灵气，它告诉牛郎，过两天有一帮仙女下凡来洗澡，你就在河边等着。你把那件红衣服抓起来拿走，那红衣服的主人就成你老婆了。谁呢？那就是织女。牛郎通过老牛的帮助，在我国，农历七月初七的夜晚，天气温暖，草木飘香。这就是人们俗称的七夕节，也有人称之为“乞巧节”或“女儿节”。这是中国传统节日中最具浪漫色彩的一个节日，也是过去姑娘们最为重视的日子。相传，在每年的这个夜晚，是天上织女与牛郎在鹊桥相会之时。织女是一个美丽聪明、心灵手巧的仙女，凡间的妇女便在这一天晚上向她乞求智慧和巧艺，也少不了向她求赐美满姻缘。

弄到个好媳妇。俩人也生了孩子了。可织女她母亲王母娘娘不干了，派天兵天将来捉拿。那个时候金牛星要回到天上，那老牛就要死了。死之前这老牛告诉他，你把我的牛皮留下来，真有事了，把牛皮披到身上就能飞起来。后来王母娘娘下来把织女给抓走了，牛郎一看这还了得，挑着担子，前边后边各一个孩子，然后把牛皮披到身上，腾云驾雾就追王母娘娘。王母娘娘一看牛郎要追上来了，从脑袋上把簪子拔下来向身后一划，一条大河出现了，把牛郎、织女隔开了。这个河就是天上的银河。但是王母娘娘一看自己女儿太悲惨了，于是每年七月七的时候，命喜鹊搭桥让牛郎、织女鹊桥会。七夕节是这么来的，鹊桥会就指男女相会。这头老牛在故事里边，起到了非常重要的作用，而且形象非常正面。在很多艺术作品里，牛象征着一种爱心，象征着一种感恩的态度。

在现实生活当中，聪明人本来应该比笨一点的人更容易获得成功，可是一调查之后你会发现，聪明人成功的比例跟笨人成功的比例是差不多的，为什么呢？

因为笨人肯下工夫，而聪明人总觉得自己聪明，不愿意下那种笨工夫，所以现实当中，最理想的一种状态是，你再聪明一点，你再勤奋一点，那么成功离你就不远了，这就是子鼠丑牛互补带给我们的启示。

虎与兔：勇猛和谨慎的互补

十二生肖里边虎兔之间也形成互补，两者互补的人生智慧体现在老虎个人力量很大，很勇猛，但是兔子胆小又谨慎。勇猛和谨慎结合到一块，就是我们经常说的胆大心细。一个人做事情，不光要能耐大，同时还要谨小慎微，想到可能出现的不利后果，这样你才能无往而不利。所谓虎兔互补，也是人生智慧很重要的部分。

虽然过去说谈虎色变，老虎让人害怕，可是现实当中，我们多数人都喜欢老虎。为什么呢？打开电视看《动物世界》就会发现，大熊猫就是漂亮，老虎就是威风。虽然近距离看老虎，你可能觉得有点心惊胆战，可是远距离看老虎，确实挺威风。

中央电视台的《动物世界》栏目从1981年12月31日开播。主旨在于向电视观众介绍大自然中的种种动植物，使观众足不出户就可以了解和认识地球上生存的各种生命，认识自然对人类的影响。

老虎是丛林的独行者，天生的杀手，他拥有猫科动物特性，长犬齿，有最大的爪子。集速度、力量、敏捷于一身，是当之无愧的百兽之王。你再看他头上的“王”字，老虎真奇怪，脑门儿先天就有这“王”字。过去有姓王的人走江湖的，见面要说报上名号，他怎么报的？我姓王，虎头王。现在说老虎是百兽之王、山林之王，都是从这“王”字上来的。老虎的这个“王”字，其实在现实当中我们看来，确实增添了非常威武的感觉。

过去走江湖的人，有时不便暴露自己的身份，因此形成了一套约定俗成、只为江湖人士所理解的语言方式，被称为“春典”。

那么老虎脑袋上一开始就有这“王”字吗？在传说里没有。说这老虎最初是被玉皇大帝招上天了，成了玉皇大帝身边一个卫士，开始老虎脑袋上没这“王”字。后来，有一天玉皇大帝下界巡视发现，人间很乱，老百姓很苦，有不少深山老林里的猛兽袭击人类。玉皇大帝一看，说这可不行，就问哪位将军能下界去平这件事？这时候，这虎卫士站出来说，玉帝，我愿意下去，玉帝当堂许诺，你下去，如果能够消灭一个威胁人类的力量，就给你记一功。怎么记呢？玉帝有一支笔，拿起这笔来在你身体上和盔甲上画一横道表示这就是一个大功，然后你凭这个去领赏。老虎到了人间一看，有三种猛兽害人害得最多，狮子、熊和马，马蹄子踩死不少人。老虎把这三位约到一块，咱们打一仗，把你打跑了你就远离人类居住区，你把我打败了你该怎样还怎样。结果老虎能耐大，连胜三阵，先打败狮子，又打败熊，最后打败马。大功告成之后，这些猛兽不敢威胁人类了，剩下那些胆小的更不敢了。这老虎要转回天庭，半路上有一条河拦着，渡河的时候看见河中有一个体型奇大无比的乌龟。老虎看到它之后，两人发生冲突，老虎把它也给咬死了。巧就巧在这个乌龟是那里的河神，那里洪水泛滥就是因为它在兴妖作怪，老虎把它咬死了，洪水退去，这里不闹大水了。就这样，老虎上了天庭，说我这次下去把狮子、熊、马都给打败了，连胜三阵。玉帝说好，那我就给你记三次功劳。拿起笔来在老虎的额头上画了三道："凭这个领赏去吧。"

老虎领完赏回来，路上碰到龙王了。这个龙王问他："下界闹洪水，玉帝

关于虎头"王"字的由来，民间还有另一种说法，即刘秀跨虎登山走南洋的故事。

西汉末年，王莽篡位，刘秀起兵攻打王莽。两军交锋，刘秀兵败，逃往河北易县城北。但刘秀逃到那里走没多远，就被一座高山挡住了去路。眼看敌军就要追来了，前面又有一只吊眼白额斑斓猛虎从山上直扑下来，吓得刘秀两眼一闭，大叫一声："不好，时不我予，我刘秀完了！"

（接上页）这时追兵到了，只听猛虎一声咆哮，追兵吓得都不敢向前。刘秀的马受惊，将他摔下马来。那猛虎朝刘秀走来，但无攻击之意。刘秀明白虎是要救他，于是跨上虎背。老虎驮着他逃离了追兵。

脱险后，刘秀感激老虎，抚摸虎脑袋。他看见老虎前额有三条横纹，于是就用手指在中间画了一竖，顺口吟了一首诗：

老虎头上三横梁，刘秀加竖在中央。

今年救我汉刘秀，来年封你兽中王。

让我去治。我到那儿一看洪水退了。那个行妖作怪的乌龟被咬死了，是你干的吗？”“是我干的。”“你立了功了，怎么不领赏去？”老虎说它只是跟那些野兽打了一仗，没想到咬死乌龟还立功了。老虎一听很高兴，急急忙忙就去找玉皇大帝，可是这时候天色将晚，玉皇大帝下班回家了。老虎想过了这村没这店了，我要明天报可能不算数了，就跑到玉帝的寝宫去了。玉皇大帝正躺着睡觉呢。老虎就把他叫醒了，玉帝啊，还有这么一回事，你得给我记一功。玉帝迷迷糊糊说行，给你记功吧。这时候玉皇大帝睡得昏昏沉沉，懒得起来，老虎跪到这儿把脑袋一伸，玉帝拿起笔来给横着画了一道。他躺着画的这么一道，不变成竖的了吗？所以，三横一竖，留下个王字。老虎脑袋的王字就是这么来的。

老虎的力量与勇猛，得到了人们的认可。在我国古代，为了表现勇猛的精神，都喜欢用老虎的形象作为自己的旗帜。寓意自己可以像猛虎一样征服任何敌人。甚至信物也都被设计成老虎的样子，也就是虎符。

说完虎，接着说兔，我们说兔子胆小谨慎一点都不假，而且兔子的机灵是出了名的。比方成语里边的狡兔三窟是什么意思？就说这个兔子的窝有三处，你到这儿逮不着它，它在那边呢，现在不少人，买三四套房子，也算狡兔三窟，在通货膨胀的时候，你能够规避通货膨胀的风险。所以在民间，兔子是机灵的象征，而且机灵当中还不乏可爱。

在西方，兔子的形象也往往和机灵可爱有关。你看有关兔子的动画片很多，比如《谁陷害了兔子罗杰》，包括迈克尔·乔丹主演的《太空大灌篮》，其中兔子都是一种可爱机灵的形象。

1988年由斯蒂芬·斯皮尔伯格担任制片的《谁陷害了兔子罗杰》是一部真人和动画相结合的影片，讲述的是在美国洛杉矶有一个专供卡通人物居住的“图恩城”，卡通明星兔子罗杰怀疑妻子杰西卡有外遇，拍戏时常常走神，遭到他的搭档娃娃哈曼的奚落。

你百分百听说过月亮里边有个玉兔的传说，《西游记》里边，那玉兔下来勾引唐僧。那兔子我记得是李玲玉演的，我们都知道里边有“是谁送你来到我身边”这句歌词，在《西游记》里，就数那个歌好听。那么这个传说里边的玉兔是怎么来的呢？它是谁呢？我们都知道嫦娥为什么会跑到月宫里去，本来嫦娥跟后羿是两口

（接上页）卡通电影公司老板马隆便雇佣私人侦探埃迪去查明情况，并拍下杰西卡偷情的照片，好让罗杰下定决心，斩断情缘，专心投入卡通系列片的拍摄。埃迪因自己的弟弟特迪不久前被“图恩城”的卡通角色暗害，也急于早日追出凶手，便将此事承诺下来。而随着调查的深入，埃迪发现事情并不像他想的那么简单，其中还另有奸情，于是埃迪决定找到案件背后的真相……

子，有了长生不老药，她没等后羿，自己先吃了，飞上天去了。这后羿一想，我也得跟上去啊，可是作为人形，没有长生不老药，上不去。有人说你要真爱嫦娥呀，你就变成兔子，我给你送上去。结果还真把后羿送到那儿，跟嫦娥相伴了。但是无法张嘴说话，嫦娥不知道他就是后羿。其实这就跟我们平常说的什么青蛙王子差不多。所以正因为玉兔的付出，我们也才感到这个爱情故事的凄美。在我们生活中，经常会听到，“蛇盘兔，必定富”的说法，这样的说法，是怎么来的呢？

在民间传说当中，为什么属兔子的和属蛇的人结合，大家都说是幸福美满的？你这样想，这兔子飞哪里了？飞到月宫里去了，这是一个美好的象征。月亮什么形状的呢？它是个圆的，说这个“蛇盘兔，必定富”是什么道理呢？蛇盘成个圆，兔子在里头，这是个美满的象征，其实“蛇盘兔，必定富”是无稽之谈，只不过表达了人对团圆美满的美好期望。所以有的老辈人说，属蛇的找属兔的，属兔的找属蛇的，你别听那个说法。这样的事，只是表达人对美好生活的一种期待，没有传说当中那么灵，这应该是属于迷信的体系。

龙与蛇：刚猛和阴柔的互补

十二生肖当中的龙与蛇是互补的，龙、蛇之间的互补，体现的是中国人人生经验当中的“刚柔相济”。龙代表着刚猛，蛇代表着柔韧，刚柔相济是中国人的一种生存智慧，比如你在单位是一个领导，你既要体现自己威严的一面，同时也要体现对下级的关爱，也就是可亲和可敬的区别。

往大了讲，在中国社会当中，假如龙代表着权威、法律，那么蛇则代表着人情和道德。只有权威法律和人情道德结合到一块，这个社会才有足够的温度，足够的弹性。这也就是和谐社会真正的意义。龙在现实生活中是不存在的一种动物，而蛇总是给我们一种神秘的感觉，所以龙和蛇的故事显得非比寻常。

龙和蛇在我们现实生活中经常有关联。比方说，你属什么的？属蛇的人会说

在中华民族的神话中，万物皆可化龙，主要的有：

一、鱼化龙，如鲤鱼跃龙门，跃过即变身为龙；

二、蛟化龙，《述异记》载“水虺五百年化为蛟，蛟千年化为龙，龙五百年为角龙，千年为应龙。”

三、马化龙，《西游记》中白龙马为西海飞龙所化，亦可化回龙身。

我属小龙的。为什么有这种说法呢？传说当中，蛇要能活到五百年，就能变化成蛟龙。蛟龙是什么？在水里的龙。大家注意，蛟龙有个特点，没有角，秃顶。蛟龙再发育五百年，变成虬龙。什么叫虬龙？一个角。虬龙再活五百年，这才成为正式的龙。这时候虬龙长出两个角来。我们可以管它叫黄龙、青龙、苍龙，这是成年的龙。这个龙再修炼一千年变成应龙。什么是应龙？应龙长出翅膀来了，就我们说的神龙，最顶尖的龙。大禹治水的时候，应龙是大禹最好的帮手。大禹治水完了之后，天下初定，他要铸九个鼎，这九个鼎上有九州的地图。那时候的人怎么画的地图呢？据说就是大禹骑着应龙画下来的，应龙有翅膀能飞，飞到高空，大禹往下看，这块什么样，这块什么样。应龙是龙的最高的形式。

这是龙和蛇的关系。不仅是中国人这么认为，亚洲的很多国家也这么认为。比方说韩国有个片子叫《龙之战》，里边就说天地交界的地方有一群大蛇，这些蛇哪个能够修炼得道的话，给它一颗珠子，吞

应龙是古代汉族神话传说中一种有翼的龙。相传禹治洪水时有应龙以尾画地成江河使水入海。《述异记》卷上："水虺五百年化为蛟，蛟千年化为龙，龙五百年为角龙，千年为应龙。"是化龙的一种。（也有人认为应龙可指远古的氏族部落和神秘古国——应龙氏和应国。）

下去，它就成龙了。

那个片子反映的是龙蛇的关系，也就是我们说的蛇一天天长大变成龙。从这一点来讲，亚洲各个民族在有关龙的传说上，达成了高度的一致。

龙在现实生活中经常代表着皇权，过去人们管皇帝就叫“真龙天子”。所以龙在传说当中，总跟集权联系到一块，我举个例子，有人说现在这北京城怎么来的？就跟龙有关。我们知道1368年朱元璋定都应天，应天就是南京，后来他把北京这块地方封给自己的四皇子燕王朱棣，这燕王朱棣据说就是北海上的五爪金龙，开始是个小黑龙，后来变成五爪金龙。这是怎么回事？说朱元璋有一天晚上做梦，梦中一条黑龙盘着这个宫殿里的柱子，醒来之后不知道什么意思，找自己的大臣，神机军师刘伯温商量。刘伯温说皇上，它预示着你的江山后继有人，接替你执掌江山的人就是这乌龙。说怎么能看出来是谁呢？刘伯温给出个主意，你晚上到后宫，把皇子都弄到你身边来玩，哪个不跟你玩，离你挺远，绕着柱子自己玩，那就是要接替你

在韩国一则古老神话传说中，人类是被名为伊莫吉的巨蟒种族守护的。每五百年轮回，上界的神就会从伊莫吉族中挑选出一位贡献最大的神蟒并奖励给他一枚龙珠，拥有了龙珠神蟒就可以变身为真正的龙，拥有造福地球和到达天堂的神力。伊莫吉当中的一只名为布拉奇的恶蟒垂涎龙珠已久，野心让他逐渐失去了理智。16世纪的一天，布拉奇纠结了一批被称为Atrox的追随者，企图用武力夺取龙珠。

刘基，字伯温，故时人称他刘青田，元末明初杰出的军事谋略家、政治家、文学家和思想家，明朝开国元勋，明洪武三年封诚意伯，人们又称他刘诚意。武宗正德九年追赠太师，谥号文成，后人又称他刘文成、文成公。刘基通经史、晓天文、精兵法。他辅佐朱元璋完成帝业、开创明朝并尽力保持国家的安定，因而驰名天下，被后人比作诸葛武侯。

江山的。朱元璋说行，我试试吧。晚上把皇子叫到一块儿玩，发现四皇子朱棣离他远，就在柱子那边溜达，可一看这孩子，他心里有点犯恶心，为什么呢？相传这朱棣不是朱元璋的儿子，所以朱元璋心里就不痛快，而乌龙盘玉柱，绕着柱子走没错，朱棣长得还黑，乌龙就是黑龙嘛。朱元璋在燕王朱棣长大后，有意识地把他封到幽州北平府，就是现在北京这个地界。那会儿元大都刚撤走，这个地方是一片瓦砾废墟。朱棣到这儿来，刘伯温给他的军师姚广孝一张地图，朱棣让人照这个地图把北京城修起来了。修成什么样呢？三头八臂哪吒，何为三头八臂？就我们今天看到的北京城，这些城门一摆，就像哪吒踩着风火轮，拿着枪，后边有混天绫，三头八臂那个形状。北京城开始修的时候缺水，说本来不缺水，它怎么缺了呢？跟龙王有关，燕王朱棣把北京城修成三头八臂哪吒的形状了，这哪吒跟龙王有仇，东海龙王敖广的三太子让哪吒给扒皮抽筋了。

北京城这时候有两个龙王，一个龙公，一个龙母，这俩龙说这可不行，他修成哪吒形状了，我们不干。我们跟哪吒有仇，我们把北京城所有的水都带走，让它缺水。他俩弄俩大水篓，把北京城所有的水都灌里边，然后变成一个老头一个老太太，推着这辆水车，顺着西直门扬长而去。那边军师姚广孝能掐会算，算到水被推走了。这下坏了，为什么呢？燕王朱棣好洗澡，一天得洗20来遍，这要把水推走了，皇上不浑身发臭了？这怎么办？这时候下边有一个小将军高亮站出来了，说我有办法，我能把这水追回来。姚广孝一看挺高兴，说你追可是追，见到水篓你把这枪拿起来分身就刺，把水篓刺破水放出来，你赶紧往回跑，我们在西直门城楼这儿接应你，还有一样，背后多大动静你不能回头。就这样，高亮领旨下殿赶水去了，然后姚广孝跟燕王朱棣就站在西直门城楼等着。果然，小将军高亮拍马赶到，见一老头和一老太太推着辆水车，上面俩大水篓，拿出枪刺开水篓，水一流出来，抹马就往回跑。这龙王龙母不干了，哪儿来的小崽子坏我大事？

他们把这个水篓打开，龙兵出来给

姚广孝（1335~1418年），幼名天僖，法名道衍，字斯道，号独庵老人、逃虚子。长洲（今江苏苏州）人。明朝政治家、佛学家，靖难之役的主要策划者。朱棣继位后，姚广孝担任僧录司左善世，又加太子少师，被称为“黑衣宰相”。永乐十六年（1418年），病逝庆寿寺，追赠推诚辅国协谋宣力文臣、特进荣禄大夫、上柱国、荣国公，谥号恭靖。

高梁桥始建于元代至元二十九年（1292年），元代皇帝忽必烈为了满足元大都城市用水需要和南粮北运的需要，派都水监郭守敬引昌平白浮泉及西山玉泉诸水，汇流至此，转入护城河、积水潭，乃至通惠河。明清之际为北京前往西山园林风景区的水道。

我追杀他。结果这小将军高亮快马跑到西直门城楼底下，然后甩镫离鞍，刚要跟皇上打招呼，背后水的声音就上来了。他好奇，这怎么这么大动静？扭身看看，一看坏了，一下被淹死了。把燕王朱棣心疼的，说我一定要好好祭奠你，我要在这儿给你建座庙，叫高亮庙，给你修座桥叫高亮桥。熟悉北京的人知道，现在西直门外有个桥叫高亮桥（现名为高梁桥），就是纪念高亮的。

那个时候我们都拜着龙王爷，希望求得雨来。因为龙王爷心里有气，因此人们天天给他磕头，有的时候一些恶龙还要吃童男童女，所以时间长了，人对龙心态很复杂，一方面求着它，一方面恨着它。你看传说里边，龙王一般都挺倒霉的。在《西游记》里边就能看出来，东海龙王敖广、北海龙王敖顺、南海龙王敖闰、西海龙王敖钦，这四个都是受气包，你看着在凡人面前兴风作浪，可是一到玉皇大帝那儿，卑躬屈膝的，一到孙悟空面前更没辙。孙悟空把东海龙宫给闹得一塌糊涂，连定海神针都给弄走了，龙王也没办法，这里面体现了人对龙的一种特殊感情，就是又敬又怕。

在中国，人们把龙捧上天了，但西方人对龙印象不好，西方的龙跟中国的龙不一样，西方的龙跟一个大蜥蜴似的，带翅膀还能喷火，西方人认为那是龙。但是蛇，东西方认知是差不多的，都是那种阴险、狡诈、毒辣、贪婪的形象。

在基督教中，龙是邪恶的象征，在《启示录》里，龙的形象是邪恶的，是撒旦的化身。这种形象也贯穿在各种基督教教义及衍生的文艺作品及文化中。早期的圣徒传中不乏圣人与龙搏斗的事迹。

我们有句成语叫“画蛇添足”，大家都知道蛇是没有脚的，可有个传说里讲蛇不是一开始就这样。最开始的时候蛇和青蛙是不错的朋友，这蛇有四条腿，青蛙没腿，就靠肚皮往前蹭，跟现在蛇走道一样。青蛙很努力地替农民抓害虫，抓着害虫后，它还喂给蛇吃，蛇有四条腿，好吃懒做。时间长了，大家恨这蛇，这蛇还来气，经常伤害人。后来玉皇大帝知道这事了，就下来管。怎么管呢？把蛇这四条腿砍下来给青蛙接上，又告诉蛇，你今后要是再敢伤人，那就要惩罚你，得让你蜕层皮。

青蛙有脚了，就更努力地抓害虫了。可是这蛇一见青蛙就来气，为什么？这腿是它的，给青蛙安上了。所以蛇虽然没有再害人的心思了，但见着青蛙就想吃，青蛙吓得躲远远的。这是蛇和青蛙的故事。

其实蛇就像我前面说的，还象征着一种柔韧，一种坚持，最典型的就是白娘子传奇，白素贞在峨眉山修行一千年，青蛇修形五百年，这姐妹俩下山了，到了杭州，在西湖上游湖借伞，和许仙缔结良缘。后来，白娘子水漫金山寺，被永镇雷峰塔。许仕林高中状元，三拜雷峰塔，之后把白娘子救出来。这是中国四大民间传说之一。这里边白素贞虽是千年蛇妖，但是为人温婉贤惠，有爱心，不像我们想象当中的蛇那样凶恶，只不过是在五月初五饮雄黄酒之后现了原形，把许仙吓个半死。

白素贞，是民间传说《白蛇传》的主人公，传说是在四川青城山下修炼千年的白蛇。白素贞修炼千年，经观音大士指点，为报许仙恩，与其结为夫妇，后被法海镇于雷峰塔下。白娘子的故事流传很广，几乎家喻户晓。直至20世纪，在各个版本的《白蛇传》中，白娘子并没有具体的名字，“白素贞”一名来自于剧作家田汉修订后的《白蛇传》。此前，在民间亦有人为其取名为白素贞。

白娘子要从妖怪角度来讲，那就算个好妖怪。其实这里面隐藏着对蛇的一种歧视，什么歧视呢？你看白娘子的功夫能耐，也是能撒豆成兵，基本上神仙会的她都会，这点就是不公平所在。比方说姜子牙当年三十多岁上昆仑山，到了山顶拜元始天尊为师，修炼四十年下山了，下山以后拿一条打神鞭，神仙这些本事就都会了。人修炼四十年就成神仙了，妖怪修炼一千年才有这道行。这就是说人和蛇不是一个重量级的，人是万物之灵，比蛇要高级得多。

打神鞭原为元始天尊所有，在封神之战时元始天尊将其借与姜子牙用以封神。

所以这里边隐藏着对蛇的一种歧视，妖怪也有妖怪体系，动物如果想成精，得去一个地方修炼，或者报一个什么MBA班，上这个班以后，有修炼五百年的，有修炼一千年的。修炼到一定时候，校长和老师出来了，给你发文凭，你可以毕业了，上面写着已经修炼多少多少年，准予毕业，可以下山为非作歹去了。把文凭一发，下山该干嘛干嘛。所以一念之差，就有好妖精，有坏妖精。这个白娘子就是好妖精的一个典型，也是一个坚韧不拔的象征。为什么《新白娘子传奇》有首歌叫《千年等一回》呢？就是说蛇象征着柔韧。

马与羊：执着和和谐的互补

在十二生肖当中，午马与未羊是一对互补的生肖。那么马羊互补体现的人生智慧是什么呢？马代表着人一往无前向自己的目标奋斗前进，羊代表着跟周围的环境之间和谐。羊是温顺的象征，马是执着、坚定、勇敢的象征。如果一个人只顾朝着自己的目标往前奔，而伤害了周围人的利益，恐怕你的目标是达不到的。所以马羊互补象征着朝着自己的目标努力的同时，和周围的环境取得最大的和谐，这样才能够成功。这就是马羊互补的人生智慧。

无论是东方还是西方，对马的认知是高度一致的。对别的动物有褒有贬，可是在马身上，基本上都是好词，比方说勇敢、坚韧、顽强、忠诚，还有马的竞争精神，为什么现在有赛马这个活动？有人钻研过这方面相关的知识，发现过去战场上和现在赛马有类似的地方，就是这马往往不是因为疲劳才退出赛场的，马死亡是什么原因？是激烈的奔跑过程当中，它的肺部出血过多而死亡。就是说马只要开始竞争，就会为了自己的目标，不顾安危往前冲。

我记得过去有个电影叫《奔腾年代》，这个著名的电影讲的就是一匹名为

这是一个发生在美国“大萧条”时期的真实故事。查尔斯·霍华德以前是个自行车修理工，因将汽车引进美国西部而大发横财。在驯马师汤姆·史密斯的推荐下，霍华德买了一匹个头矮小、名为“海饼干”的小马，并与一心想成为职业骑师的瑞德·波拉德携手将“海饼干”变成全国最强的赛马。“海饼干”和它的三人小组开始了传奇之旅，他们以坚韧、热情和毅力创造出一个奇迹。

海饼干的短腿马，有着不服输的性格，它和它的主人一样，渴望获得胜利、获得成功。虽然海饼干在比赛中跑输了，但是它的速度和顽强，却给很多人留下了深刻的印象。

因此大家对马的忠诚、勇敢、坚韧不拔，是给予了很高的评价的。在我们生活当中，有很多好词和马有关，我举个例子，说这个女孩找对象，爱找什么样的呢？“白马王子”。“白马王子”这个词从哪儿来的呢？这是个舶来词。不是中国的，它是从欧洲中世纪的骑士传统带来的，那时候骑士不是披斗篷吗？这个披斗篷分成好几个等级。顶级的是白色，王子不是贵族吗？白马象征着他的地位，所以当时女人认为，心中最理想的男人那就是白马王子了。有的人说，这个是不是跟《西游记》的白龙马有关呢？那关系倒不大，白龙马犯了错误，后来又把唐僧的马给吃了，如来说你跟唐僧西天取经，最后封它为八部天龙广力菩萨。其实跟这白马王子之间没任何关系。

说起马对人类的重要贡献，一个是

白马王子传说来自欧洲传奇故事圆桌骑士团的著名骑士高文，他在圆桌骑士中堪与兰斯洛特比肩。高文不仅武艺高超，战功显赫，而且身材高大，外形俊朗。传说他就是“白马王子”一词的来源。

生产，一个是战争。生产过程当中，马驾过辕拉过套，战争那就不用说了，战争当中骑兵的作用是显而易见的，但是骑兵不是一开始就有的，一开始马是怎么用来打战的呢？就是四匹马拉一辆战车。一马一车为一乘，是平常出门的主要交通工具，人们平常说的“一言既出，驷马难追”中的“驷马”，指的就是同拉一辆车的四匹马。几匹马拉一辆车也表示规格的不同。据说周穆王的时候，32匹马拉一辆车，那是最高规格了。战场上的战车有两匹马拉的，有四匹马拉的，由于马是战争年代一个重要的战略物资，所以无论哪朝哪代的统帅，都不会轻易拿马不当回事。比如《赤壁》当中，就安排了一场由诸葛亮亲自为马接生的场景。

电影《赤壁》中的这样一段情节。有将士告诉周瑜马难产了，周瑜急匆匆赶回家，看到小马驹只有一条腿露了出来。周瑜和小乔一筹莫展。这时诸葛亮来了，说：“我来试试。”周瑜问：“你懂马接生？”诸葛亮说：“略懂，以前曾为牛接生过。”诸葛亮从袖子上撕下一块布条，缠在小马的腿上。然后双手用劲往里一推，推入母马体内，片刻，手往外一拉，缠了布条的小马的两条腿被拉了出来，小马也顺利诞生了。

而自从出现了战马，便出现了古代的最高战技——战车。那个时候的战争，就是马拉着车，人站到战车上打仗，所以以战车为主要交通工具、作战工具，你看下象棋，最厉害的叫“車”，其次叫“馬”，它反映了春秋以前的那种作战方式。到了战国时候才有骑兵，这下马派上大用场了，直接讲究人马结合。为什么现在所有的体育比赛里，只有一项是有动物参与的？就是因为从那个时候开始人和马之间已经培养了上千年的默契了。所以基于这点，你会发现，马在战场当中的使用，是非常重要的。那么打战就要选择优质的马，优质的马有两个作用，一个是能做长期负重的交通工具，另外一个是作战。作战要求马快，所以，凡是大将军，都有一匹与他们相称的宝马良驹，这个习惯一延伸到后来，我们管优秀的人才叫“千里马”，能够挖掘人才的人叫“伯乐”。韩愈说，“千里马常有而伯乐不常有”，就是以此来说明发现人才的重要性。

有一个故事叫“千金买马骨”。这个故事哪里来的呢？战国时期有齐、楚、燕、韩、赵、魏、秦“七雄”，都想让自己的国力强大，都在广纳贤才，燕国有个燕昭王，燕昭王说怎么能够纳贤才呢？这个时候来了一个人，这个人名字叫郭隗。这个郭隗有多大能耐？旁边人评价，不怎么样，才能平平。可是郭隗有套说辞，说

“千金买马骨”的典故出自《战国策 · 燕策一》，后用“千金买马骨”比喻重视人才，渴望得到人才。

沙丘之乱后，剧辛听说燕昭王思贤若渴，便前往辅佐，一时间，剧辛和郭隗、乐毅、邹衍齐名。在燕国，剧辛变法图强，所以后来燕昭王的国力才会如此之强。五国联军破齐前夕，剧辛作为燕国的使节和邹衍一起游走各国，达成了对齐国的包围网。

得燕昭王重用他了，他怎么说的呢？他说我给大王讲个故事，古时候有个国王想要千里马，愿意出一千两金子。他派人四下出去找，其中有一个手下，拿着一千两金子带回一副马骨头。说这马骨头是千里马的，可它死了，一千金买这个千里马骨头。这个国王来气了，你浪费我钱财，花了千两金子就买个马骨头。手下说，大王你不知道，你不是想求得千里马吗？我现在用一千两金子买千里马骨头，天下人都知道这个事，人家一听，大王这么虔诚地想要千里马，那要是真有千里马，还不乖乖给你送来？果不其然，千金买马骨之后，好几匹千里马都送给了国王。郭隗说这事是什么意思呢？大王你想，我就好比那马骨头，不算千里马，你要把我这样的人都重用了，那人才能不来吗？燕昭王一想，说也是呀。就搭建了一个黄金台，拜郭隗为重臣。后来李白《古风》里写：“燕昭延郭隗,遂筑黄金台。剧辛方赵至,邹衍复齐来。”后来剧辛、邹衍这两个大人才，都来到了燕国。

古代跟千里马有关的典故很多，其中

最有名的就是伯乐相马了，其实伯乐相马这个故事，还有后半段内容。伯乐当年相马很有一套，可是到了晚年，伯乐老眼昏花，看不准了，这时候秦穆公找伯乐，问他能不能给我找千里马。伯乐说我岁数大了，动不了了，我给你推荐一个人，这个人叫九方皋，也是个相马高手。秦穆公派九方皋先生挑千里马，过不了几天，打发人回来传信，说找到了。秦穆公问千里马什么样啊？回答说是一匹胭脂色的母马，最后千里马牵来了，秦穆公一看气坏了，是一匹黑色的公马，他说你这九方皋相千里马，这眼神怎么比我都差劲，看这马，明明是一匹黑色的公马，怎么是胭脂色的母马呢？伯乐说，你不理解，九方皋相马，已经到了一定境界了，他已经不看这马的外形，能够直接透过皮肤看到骨头。所以他忽略了马的外形什么样，你不信试试。一试这马果然是千里马。这个事告诉我们，有时候人才没一个恒定的标准，往往越是烈马，它很可能能力越大，温顺的马倒不一定能够起多大作用。你看《射雕英雄传》里，郭靖降服汗血宝马，那小红

马多烈性，但是郭靖把它降服了，一辈子死心塌地地跟着主人。

大家记住一点，人才管用，但是你想用好他不容易，他不一定听你的。奴才是好用不管用，这奴才倒是都听你的，可是呢，真本事他不一定拿得出来。因此我们要对千里马有一个充分认识，它不是那么好用的。而好用的人，基本上是奴才的可能性非常大。

羊和马就完全不同了，我们知道羊的速度是很慢的，而且羊给我们的感觉就是好欺负，你看《喜羊羊与灰太狼》，那动画片从头到尾都是灰太狼、红太狼两口子，怎么把羊弄来吃肉，怎么炖汤。《狼来了》的故事，也是狼要吃羊，在著名的日本动漫《翡翠森林：狼与羊》中，描写了一只企图和狼建立朋友关系的羊，他们虽然在一开始可以和平相处，但在某些特定的外部环境中，狼终究会成为狼，而羊也始终逃不出成为食物的最终命运。这些都说明狼和羊的对立，说明羊始终是弱势群体。

而且羊在中国人的心目当中，往往

《翡翠森林：狼与羊》讲述了一段狼与羊之间友情的故事。一个暴风雨之夜，山羊绵绵和野狼卡普在一间看不见彼此的漆黑小屋里相谈甚欢，并相约第二天一起野餐。第二天卡普与绵绵见面后大吃一惊，但还是决定打破掠食者与猎物间的天敌关系，继续做好朋友。这段友谊让他们成了族群的叛徒，在逃离族群追杀的同时，卡普还必须克制自己吃掉小羊的欲望……

不光是弱势，也是不幸的象征。民间有句话，叫“十羊九不全”，好像属羊就不好似的，这个准不准呢？一点都不准，那它怎么能留传这些年？有一种说法，袁世凯属羊的。这个袁世凯是阴历八月份的，民间有迷信，说这个七八月份的羊好，其他月份不行。七八月份有草吃啊，那么说“十羊九不全”，跟这个有什么关系呢？大有关系。

孙中山带领同盟会，千辛万苦搞辛亥革命，推翻帝制，建立了共和。那革命的胜利果实呢？被袁世凯给窃取了，袁世凯当皇帝了。虽然当了83天皇帝后就一命呜呼了，可是他毕竟当了。孙中山的同盟会一看袁世凯要复辟帝制，都骂袁世凯。当时革命有这么一种现象，你得学陈胜、吴广，往鱼肚里塞东西，抽出一个纸绢，“大楚兴，陈胜王”，这才能够获得没文化老百姓的认可。当时为了咒袁世凯能早点下台，说这羊命运不好，该杀。但是羊确实有时候不受重视，甚至遭遇虐待。比方说孟子在书里写了，梁惠王看到祭祀场面，要杀牛，然后是羊和猪，把牛

秦二世元年（公元前209年）秋，陈胜、吴广等900余名戍卒被朝廷征发前往渔阳戍边，途中在蕲县大泽乡为大雨所阻，不能如期到达目的地，按秦律失期当斩。情急之下，陈胜、吴广领导戍卒杀死押解戍卒的军官，发动兵变。起义军推举陈胜为将军，吴广为都尉，在陈县（今河南淮阳）建立张楚政权。陈胜、吴广起义时在鱼肚里塞了写有“大楚兴，陈胜王”的布条，在杀鱼时拿出，以示起义是上承天意。

牵进来，梁惠王不忍心，不能宰这牛，那怎么办呢，梁惠王说了四个字，“以羊易之”，换一头羊吧。你看，重视这牛，轻视这羊。其实这里隐含的道理，就是羊没牛值钱。

但是在现实生活中，羊虽然弱小，它却有着自己的生存智慧。所以在现实当中，如果你认为你的能力相对弱小的话，那么首先要尽可能在道德上做一个完美主义者。你不要去伤害别人，自己努力做一个好人，好人一定有好报。

除了猫头鹰等少数禽类外，其他的禽类在夜间都是看不到东西的。公鸡也是一样，在夜里，它们随时都有可能受到攻击，感到非常不安。到了清晨，公鸡的眼睛又能够看得到东西了，于是就兴奋地打起鸣来。这也是公鸡对于光刺激的一种本能反应。经过长期进化，早上打鸣已成为公鸡的一种习性保存下来。现在，即使将公鸡放到黑暗的地方，让它看不到光线，到了清晨，它还是一样要打鸣的。

猴与鸡：原则和变通的互补

十二生肖当中，鸡猴之间形成互补，这是我们生活当中最常见的。我们知道，猴子机智、灵活，他象征着人处理问题要具备一定的灵活性，知道变通。早晨起来，公鸡打鸣，每天这个时候准时报晓，所以鸡就代表着一定的原则性，一种恒定因素。

那么鸡猴结合其实就是原则性和灵活性的结合。大到我们这个国家，坚持四项基本原则，坚持改革开放，同时也提倡“具体问题具体分析”，准许“摸着石头过河”，保持这种灵活性。而且鸡和猴，作为我们生活当中比较常见的动物，也给我们留下了很多千古谜题，我们从它们身上能学到哪些人生智慧呢？

刚开始说过了，猴子代表着机智灵活，生活当中，说这个人“粘上毛比猴都精”，什么意思？猴子确实聪明，而且猴子作为灵长类动物的代表，它跟人有很多接近的地方，总有人说狗聪明，狗通人性，比猴灵，不对。狗的智商比猴差远了。猴是最精的，而我们生活当中好多跟猴有关的事例，也说明了猴子机灵的特性。

比方说过去中国人管猴子叫什么？有种叫法叫“猩猩”，猩猩这个词并不完全是舶来语。原先猩猩这个词所指的其实也是猴的一种。比方说有一个词叫假惺惺，这从哪儿来的呢？我们经常把地上铺的地毯叫猩红地毯，这个“猩”是“猩猩”的“猩”，也指猴。这个猩红地毯是什么染的？就是用猴上臂的血染的。有人说为

“摸着石头过河”，是在勇敢实践中不断总结经验的一种形象性的说法，是改革开放3条经验——“猫论”、“摸论”、“不争论”中的其中一条。“摸着石头过河”，对于大胆解放思想、积极稳妥地推进改革起到了巨大的指导作用，成了在中国家喻户晓的经典话语。

什么用猴血染呢？据说经过猴血染的地毯百毒不侵。新娘子要是走过这个地毯，以后什么蛇虫见了她都躲着。那个时候有个典故，说这个猴子不好抓，怎么办？人就装扮成猴跟猴接近，然后请猴喝酒。你为了取它的血捉它，你割完了还得给它放回去，过一阵再抓它，再割血，你要把它弄死了，弄一回就没有了。所以人假扮成猴跟这猴处，这猴开始也有戒心，时间长了人请猴喝酒，猴嘴馋就上当了。结果喝一回酒，醉一回，醉一回把这血给放出来。醒了以后发现多了刀疤挺伤心，上这么两回当这猴也明白了，这个不是猩猩，这是人扮的，它是假猩猩。所以说你这人假惺惺的，这假惺惺就是从这儿来的。

用猴代表机灵，是中华民族的一个传统。另外猴子在中国也是一种吉祥的象征。猴子的形象，大家最耳熟能详的是谁？孙猴儿，就是孙悟空，恐怕这是我们了解到的最了不起的一个猴。而且孙悟空代表着一种责任、一种勇气，在《西游记》里边，孙悟空毫无疑问是最正面的形象，“三打白骨精”一段，最能表现孙悟

猩猩就是平常说的红毛猩猩，是亚洲唯一的大猿，现在仅存于婆罗洲和苏门答腊岛蒸汽缭绕的丛林里。在灵长类当中，猩猩的两个种（婆罗洲猩猩和苏门达腊猩猩，曾被认为是一个种的两个亚种）有许多方面是很突出的，它们是世界上最大的树栖，也是繁殖最慢的哺乳动物。猩猩被认为是社会的隐居者，它们建立的地区性模式使人回想起了人类早期的文化。此外，猩猩也泛指猩猩科的所有种。

空的责任和勇气。孙悟空一心保唐僧西天取经，可是白骨精变化多端，迷惑唐僧。唐僧就以为这孙悟空滥杀无辜，给孙悟空念紧箍咒，要把他赶走。被唐僧冤枉后，孙悟空负气之下离开了取经队伍，但当唐僧有难时，又马上赶回来救自己的师傅，这充分说明了孙悟空的勇敢和责任心。

猴子除了勇敢之外，它的精明也是人所共知的。耍猴的得驯猴，别说驯猴，抓猴都难。这个猴子特别难抓，从动画片里就能看出那猴子聪明到什么程度。猴子的思维，有点类似于人类两三岁时的基本思维，你要想让它上当，是非常非常难的。抓猴难到什么程度呢？我们知道中国哪儿猴子多？峨眉山猴多。过去耍猴的，到峨眉山抓猴，不好抓，你这儿摆一个铁筐，准备扣他，放一块酥炸肉，猴子如果一动这肉，把这碗碰倒了，这筐子就把它扣下了。可是猴子不上当，它厉害到什么程度？它能自己隔空把这个肉拽出来，不碰倒这个碗，吃完不要紧，在那碗里撒上一泡尿才跑。

当时为了抓它，人们想了一个办法，

耍猴在中国已有悠久历史，最迟于唐朝已出现，发源于今河南省新野县。古人把猴子视为马的守护神，常于马厩内养猴子以留住马匹，并让猴子表演猴戏作祭祀之用，因此猴子又有“马留”的别称，此名称至今仍保留在粤语中。日本于奈良时代从中国传入猴戏。

（接上页）后来耍猴的宗教性变淡，有些只是纯娱乐观众，一些小贩为招揽顾客，也会养猴子表演卖技艺，尤其常见于卖武术、卖药等行业。现时香港唯一一只获渔农自然护理署发牌由人饲养的猴子金鹰，其已故前主人陈日标生前以卖药为业，金鹰就在主人卖药时表演。

在山底下建两间房，门开着，门口堆着一堆枣。这枣有个特点，如果枣要烂了，闻着味更香。有人用那种香味，把山顶的猴子吸引过来，这些猴子一看，这人肯定想抓咱们，不吃，在那儿嗷嗷喊，拿石头扔。可是等个两三天，没有人出现，猴子想吃这枣，就想了个办法，前面我不是说过猴子捞月亮吗？一棵树上，最有劲儿的猴在树枝上抱着另一只猴子的腰，一个一个排下去。因为猴子怕劲儿使大了，里边会有什么陷井，再者说一个抱着一个，到时候也好跑，然后最前面的猴，抓一把枣，赶紧回来，大家分着吃。

可是问题出现了，猴毕竟是扁毛畜生，它自私。前一个猴抓一把枣，自己先吃上了。后面抱着腰的猴看见了，就把它一扔，也下去吃去，第三个猴想，我也下去。时间一长，这些猴全进屋里吃枣去了。这个时候也不要逮它，干什么呢？把这门口枣每天都换换地方，一点一点往屋里面撒，猴子吃几天，吃惯嘴了，见没人抓它，就会往屋里走，渐渐地，这一拨猴有十来个，全进到里屋了。到了这一天，一看猴全进屋了，人过来把门全关上，窗帘全拉下来，屋里的猴子就以为天要黑了，然后门口赶猴的人，拿着皮鞭子抽。屋里的猴以为是打雷了，猴子最怕打雷，屋里这猴吓得都不敢动了，这时候门开了，人进来干吗？给每个猴脑袋顶上蒙上布，为什么要蒙上布？这是判断哪个猴精，哪个猴傻。你记住，精猴是驯不过来的，总不听你的话，所以蒙上布以后，那傻猴在那儿蹲着，吓得直哆嗦，精猴会把那布掀开看看，掀开一看，人们马上就能判断这是精猴，就把这个猴逮住了，当着这些猴的面，把这精猴杀了。那些傻猴吓得谁也不敢动了，这样的猴你才能驯化好了。所以你看过去抓猴，人得下多大工夫？但是也说明，这个猴子再聪明，也斗不过人。

但是猴子的聪明机灵，可不仅是体现在捉猴难上，在很多流传民间的传说中，猴子也被塑造成机灵聪明的形象，甚至有时候，猴子还会捉弄人类。

说到猴呢，是机灵的象征。那么象征原则的鸡，为什么会在每天的清晨打鸣报时呢？鸡的背后又有哪些传说故事呢？

中国有句话，叫“鸡司晨，犬守夜，各行其志”，意思就是鸡天天早上打鸣，狗天天晚上看家护院。说到鸡打鸣这事，还有个传说。很早的时候，有个地方叫扶桑，有人说扶桑指日本，不对，扶桑是指什么呢？汪洋大海里边，太阳升起的地方，传说叫汤谷，大海中间有棵树，这棵树叫扶桑。这棵树有几千丈高，树顶上生活着一只白色的鸡，每到早晨太阳升起的时候，它在上面打鸣。所以说鸡是见着了太阳才打鸣，因此形成这个传统。后来我们看李白的诗，《梦游天姥吟留别》讲“半壁见海日，空中闻天鸡”，天鸡就是鸡在空中打鸣。

在平常生活当中，跟我们人类比较亲近的，有两种动物，除了我刚才说的鸡，还有狗，《桃花源记》里边讲“阡陌相通，鸡犬相闻”，说明鸡和狗就是人家最常见的两种动物。再看后来，汉高祖刘邦得了天下了，他爹不愿住在皇宫，刘邦为了孝顺他爹，怎么办呢？就在皇宫后院复制下原来家里住的情况，还原度高到什么

《桃花源记》描绘了一个世外桃源。以武陵渔人进出桃花源的行踪为线索，按时间先后顺序，把发现桃源、小住桃源、离开桃源、再寻桃源的曲折离奇的情节贯穿起来，描绘了一个没有阶级，没有剥削，自食其力，自给自足，和平恬静，人人自得其乐的社会。

程度呢？把家里养的鸡和狗，放到这街道上面，都知道自己找回家里。这都能说明鸡和狗是人们生活中最常见的。

还有那么一句话，“一人得道，鸡犬升天”。说神仙也养鸡和狗，这是从哪儿来？以前有部书叫《淮南子》，作者是刘安。他是汉朝的淮南王，这个人很少干正经事，只爱寻求仙丹灵药，认为只要有了仙丹就可以长生不老。他派人进山寻访仙翁，求调制仙丹的秘方。一天他得到了一张秘方，兴奋地炼起仙丹来了，最后练出了10颗圆滚滚的仙丹。刘安即刻吞下了5颗，还没等吃完，就已经飘飘然然上天去了。剩下的几颗仙丹，让刘安养的鸡和狗吃掉了，鸡和狗也升天了。这叫“一人得道，鸡犬升天”，常用来比喻一个人得势，提拔起了一拨亲朋好友。有的人纳闷了，说怎么神仙也养鸡和狗呢？怎么别的动物没跟着升天，鸡和狗跟着升天了呢？这里边有道理。什么道理？鸡和狗过去跟道家炼丹关系紧密。

这么说有两个原因，第一个原因是鸡狗好养活，你看这道士炼丹都在哪儿？他

《淮南子》，又名《淮南鸿烈》《刘安子》，刘向校定时名之“淮南”，是西汉淮南王刘安及其门客李尚、苏飞、伍被、左吴、田由等八人，仿秦吕不韦著《吕氏春秋》，集体撰写的一部著作。

刘安（公元前179～公元前122年），沛郡(今属江苏)人，西汉淮南王。汉高祖刘邦之孙、淮南厉王刘长之子。是西汉著名的思想家、文学家，曾招宾客方术之士数千人，编写《鸿烈》(全称《淮南鸿烈》，后称《淮南子》)，其内容以道家的自然天道观为中心，认为宇宙万物都是由“道”所派生。喜聚书，与河间献王刘德皆以藏书知名。后以谋反事发自杀。

不可能在大庭广众之下炼，都是隐居深山老林里，在人烟罕至的地方，那时候道士生活也孤单，也得有宠物陪着他。比如家里养鸡、养狗的朋友知道，不用喂它，你把它撒开，鸡自己找昆虫，狗自己找食去了。并不需要人喂养，不像现在养宠物，你还得遛去。所以老道养着鸡狗，既能解闷，还好养活。

第二点最重要，这个鸡狗，其实就是小白鼠。这是什么意思？就是试验品，当时炼丹的原材料是什么东西？其实就是各种金属，铅、汞什么的，过去皇上炼丹、老道炼丹，吃完了也经常中毒的，世上哪有仙丹啊？所以老道他也害怕，怎么办呢？炼出丹药来了，先喂鸡和狗吃。然后观察15分钟，没动静他再吃。所以这鸡和狗在一定程度上，是道士炼丹做化学实验的小白鼠，所以炼丹他最后成功了，那鸡狗跟着吃点零碎，也升仙了。

在这方面有个更有意思的故事，说民国的时候，有两口子，他们一心修道，就想成神仙，整天炼仙丹，家里没养狗，养了一只大公鸡，最后这仙丹炼成了，两口子捧着，谁也不肯先吃，因为心里都没底，不知道吃下去什么样，怎么办呢？这样吧，我们把这仙丹塞给鸡，让它吃下去，先看看，它要没有事，我们就敢吃了，这时候告诉自己的小儿子，来，把那个鸡抓起来，他小儿子把那公鸡抓住按在那儿，两口子把那仙丹塞进鸡嘴里去。然后等着，得有20分钟，这鸡满院子跑，一点事没有，这两口子一看可以了，咱们能吃，把仙丹拿过来，你一口我一口吃进去了。刚吃完，他小儿子跑进来了，告诉两口子说鸡死了。两口子害怕了，这下怎么办呢？这时候邻居过来说，让你们别吃，你们非要吃，我告诉你个办法吧，赶紧到厕所里盛尿去，你俩把尿喝进去，那玩意儿不是恶心吗？你一呕吐，把仙丹吐出来，你这命就保住了。这两口子哪敢盛一碗，盛了一桶，一人捧一个桶，喝掉了，喝完之后恶心得吐啊。这下好了，终于没事了，这时候他的儿子进来了，这两口子就问，孩子那鸡死得挺惨吧？他儿子说死得老惨了，一出门就让车轧死了。当然这是一个笑话，反映那个时代，鸡是人们身

炼丹术是道教主要道术之一，孕育了近代化学的雏形，分为炼制外丹与内丹。内丹术指将人体拟作炉鼎，用以习炼精气神。外丹术指道家通过各种秘法烧炼丹药，用来服食，或直接服食某些芝草，以点化自身阴质，使之化为阳气。

边最常见的一种动物。

其实鸡和猴之间，就是原则性和灵活性上的一种互补。我们每个人在社会上也是如此，你做事情一定要学会变通，但是你做人的底线不能改变。如果你随便突破了自己的原则，那么你原来坚守的东西就守不住了，而且也不会获得成功，所以鸡猴之间的互补，就是原则性和灵活性的互补。

狗与猪：付出和享受的互补

十二生肖的最后一对，那就是戌狗和亥猪，狗和猪之间的互补是什么概念呢？狗象征着忠诚，天天给主人看家护院，打它都不走，猪象征着对自己的一种态度，有吃就吃，有喝就喝。狗是对得起别人，猪是对得起自己，这两个之间的互补就告诉我们，我们对得起别人的同时，也不能亏待了自己。

在所有十二生肖里边，狗引起的争议是最大的，因为在东西方文化里边，狗的概念绝对不一样，比如中国人一说，

专业从事放牧工作的犬，我们称之为“牧羊犬”。“牧羊犬”是人们赋予专职放牧类犬的一个总称，不是一个单独品种，其中包括“苏格兰牧羊犬”、“喜乐蒂牧羊犬”、“边境牧羊犬”等。在过去千百年间，牧羊犬是负责畜牧的犬种。作用就是在农场负责警卫，避免牛、羊、马等逃走或遗失，也保护家畜免于熊或狼的侵袭。

"狗眼看人低"、"狗仗人势"、"狗腿子"，好词少。可是西方人认为，狗是最忠诚的动物，暂且不说牧羊犬，美国NBA有个球星叫格伦·罗宾逊，外号叫"大狗"，在我们听来就是骂人的，可是人家认为好，大狗是指能负得起责任的领头人。

格伦·罗宾逊，1973年1月10日生，绰号"大狗"。美国职业篮球运动员，身高2.01米，体重102公斤，场上司职小前锋。

东西方文化里边，对狗的不同认知，造成的文化上的碰撞很有意思。中国人说狗不好，比方说典型的骂人，说"你这狗腿子"。那这"狗腿子"怎么来的呢？这个传说很有意思，八仙里有个曹国舅，这个曹国舅修仙得道之后，四处游云打抱不平。曹国舅会点医术，到了县城里，发现这个县太爷廉政为民，是个好官，可是这腿残废了，曹国舅想帮助这县官，说我给你接条腿吧。但是得从别的地方把腿弄过来给他接上，正好他手下有个衙役，这个衙役人性很次，无恶不作，就把他的腿给截下来，给县官接上了，接完之后这衙役说，我受到这惩罚了，我也愿意改过自新，可是我没腿受不了呀。曹国舅说那我给你再安个腿，到哪儿找呢？到街口一看，有条狗在那儿叫，就把狗的右后腿截曹国舅，名佾，亦作景休，为八仙之一。北宋开国功臣曹彬之孙、吴王曹玘之子，宋仁宗皇后曹氏之弟。

曹国舅有一弟逞强行恶，抢夺百姓的田地据为己有。国舅竭力规劝无果，最后两人反目。国舅说："我弟积恶至极，虽然明里他能逃脱刑典的制裁，但暗里却难逃天法。一旦祸起，家破身亡，到那时想牵只黄狗出东门，都是不可能的，我既感到耻辱又害怕真的会发生此事。"

下来给他安上了。所以这狗腿子，就是从这儿来的，那说这狗没腿了怎么办？曹国舅就用泥捏了一个腿，外面糊层纸就给这狗接上了，所以狗撒尿的时候，它知道这个腿是泥捏纸糊的，它得抬起来，要不就给弄化了。你看这狗本来做的是善事，却背负了几千年的骂名，看来在忘恩负义这件事上，有时候人比狗更过分。但是说到对人类的忠心不二，世界上恐怕没有哪种动物比得上狗了，像生活在我国青藏高原的藏獒，这是目前世界上最凶猛的犬类动物，可是它对人类的忠心耿耿，历来被人们传为佳话。

我曾经在北京电视台做过六期和藏獒有关的节目，收视率非常高，不是看我的，人家是看藏獒的，这藏獒了不起到什么程度呢？这种狗有人说它凶猛，就那么大点儿的小藏獒，旁边有个大狗都怕它，为什么呢？藏獒身上是野兽的味道，不是狗的味道。藏獒一年就发情一次，生一胎，这个跟狼虫虎豹一样，所以有人管藏獒叫神犬，而且这种狗神在什么地方呢？比如玉树地震之前，我们开车去青海玉树地区，到那儿就进了一个牧民家的范围了。这个牧民养了一头藏獒，这头藏獒非常漂亮。一看我们的车进来了，追上就咬，因为侵犯它主人的地盘了，我们赶紧开车走，它追着咬这轱辘，你想越野车那轱辘转得多快，它能咬着吗？一咬这轱辘就把它牙给崩开了，把这狗就弹挺远，它翻个身起来接着咬。如此这般五六个来回，一直到我们开出了它主人控制的地界了，它才不追了。就说这狗它不怕死，胆大，什么都敢干。据说一头藏獒，可能三匹狼都弄不过它，它不在乎生死，对主人是绝对忠诚。我们当时采访了一个藏民，他家出了一个事，冰天雪地的，他儿子出去放羊，羊也冻死了，这孩子才十来岁，冻得失去知觉了，躺在雪地上。藏獒先是用舌头舔这孩子的脸，别让他冻僵了，然后拽着孩子的衣服，给拽到公路边等着车来救。后来这藏獒反而冻僵了，这孩子留下了。照理说这个事在我们看来是感天动地的，可是当地人不提，认为很正常，为什么呢？他们不认为这是什么神犬救主，他们认为这藏獒就是我家里的人，它跟我

（接上页）于是他散尽家财，周济贫苦之人，隐迹于山岩。数年之后有一天，汉钟离和吕洞宾游至他修道之处，问他：“你闲居时修养什么。”国舅答：“修道而已。”二仙问：“道在哪里？”国舅指天。二仙问：“天在哪里？”国舅指心。钟离笑道：“心即天，天即道，你已经洞悟道之真义了。”于是授他《还真秘旨》，令他精心修道。不多久，他由汉钟离、吕洞宾引入仙班。

的兄弟姐妹没区别，当爹的护着孩子不应该吗？其实关于义犬忠心护主的故事不光在我国民间多不胜数，在国外也有大量有关人和狗之间友谊的故事，比如前边提到的《南极大冒险》。

在我们生活当中，狗现在成了宠物，很多人爱护狗，但也有很多人养宠物的时候，特别不注意。在这里我也特别提醒一点，你养了宠物，你就得爱护它，你就得对它负责任。如果你不能对它负责任，你就别养它，不要因为搬家或者家里生孩子，就随便把它遗弃，你要这关过不了，当初你就不应当承担这个责任，你也不必在以后遭受到良心的谴责。所以说，养狗你要把它看得像自己家孩子一样，对它负责到底，因为狗的一生，可能只有那么十几年的寿命。跟它在一起的时间里，你出去吃饭、喝酒、交朋友、谈恋爱、工作，你的世界缤纷多彩，可是你养的宠物在家里边，它的世界里只有你，你不照顾它，谁去照顾它？所以从对动物的人道主义出发，也可以看出我们人类文明进步的幅度。

藏獒产于青藏高原，六千年前被人类驯化，和人类相伴至今。藏獒因独有的神威外形、一流的品质、出色的表现、高贵的王者气质，是举世公认的最古老、最稀有的大型犬种，被誉为“东方神犬”。像狮非狮，似虎非虎，凶猛异常。在西藏农奴主社会里，只有国王和寺庙主持才有权利、有资格饲养，被藏民视为神犬、天狗、活佛的坐骑。古时藏区贵族买藏獒，需要连狗主人（一般为奴隶）一同买下。

但是和狗相比，猪给我们带来的感觉就有点不怎么样了，为什么呢？这得从人驯化猪开始说起，猪是从野猪驯化来的，其实猪的祖先野猪，并不像现在我们看到的猪这样没出息。你看猪三个饱一个倒，吃完了就长肉，也不动弹，所以懒惰、贪婪、自私、无能这些词，都跟猪联系上了，但是它的祖先野猪不是这样，在东北有句话，说野生动物什么最厉害？“一猪、二熊、三老虎”，这意思是说野猪比老虎还厉害？那老虎怎么能吃野猪呢？其实这并不是比谁厉害，这说的是对人类，尤其是对猎人的威胁，野猪是最大的。

为什么呢？老虎聪明，离老远看到猎人扛个枪过来，它躲得远远的，知道不好惹，哪怕你扛个棍子它也躲开。熊不一样，它冬天的时候冬眠，而且行动比较慢，容易跟猎人遭遇，这个熊就会攻击猎人，不是说它就想吃人，它是恐惧才攻击的，一巴掌过来，你整个脑袋都没了，往你身上一坐更完蛋了，所以熊跟人遭遇的时候，人有危险。最危险的是野猪，为什么叫孤猪群狼？就是说一群野猪你不用害

藏獒据说是举世公认的最古老而仅存于世的稀有犬种，在古老的东方神奇的传说中藏獒已被神话为英勇护主的化身。藏獒体格高大，性格刚毅，力大勇猛，野性尚存，使人望而生畏，但是以藏獒的攻击力和咬合力明显不足以对狮子、老虎构成威胁。

怕，一个枪子一打，野猪吓得四散逃跑，就怕孤猪，孤猪是什么意思？就是一头野猪，它基本上看不清远处的东西，容易认准一个方向一个劲儿往前冲，万一是猎人的方向，那就坏了。有人说猎人手里有枪呢，你看打黑熊，别的地方打不透，心脏那一搓白毛，一枪就把熊打死了。可是打野猪最难，你就是打到它的脑门上，它一时半会儿都死不了。野猪天天干嘛呢？在松树底下来回磨蹭，一身的松木油子，弄得它浑身如同铠甲一般。我吃过野猪肉，野猪肉是什么感觉？跟家猪肉的味道差不多，但有一种浓重的松油子味。这等于说猎人跟它面对面，你一枪打不透它，它还能冲过来，所以说野猪是非常凶猛的一种动物，这和我们今天看到的家猪是不一样的。

但是家猪跟人的关系非常非常紧密，而且猪身上的一些特性人也很熟悉，要不然《西游记》里怎么能凭空塑造出一个猪八戒来呢？

我从网上了解到，很多女孩子愿意选择猪八戒做老公，这事我后来想想也不